寄生首尔

서울 착취도시

이혜미

[韩] 李惠美 —— 著　　拓四光 —— 译

浙江人民出版社

图书在版编目（CIP）数据

寄生首尔 /（韩）李惠美著 ；拓四光译. —杭州 ：浙江人民出版社，2023.11

ISBN 978-7-213-11181-5

Ⅰ. ①寄… Ⅱ. ①李… ②拓… Ⅲ. ①纪实文学-韩国-现代 Ⅳ. ①I312.655

中国国家版本馆CIP数据核字（2023）第164661号

浙江省版权局
著作权合同登记章
图字：11-2022-222号

寄生首尔

JISHENG SHOUER

[韩]李惠美 著 拓四光 译

出版发行：浙江人民出版社（杭州市体育场路347号 邮编 310006）

市场部电话：(0571)85061682 85176516

策划编辑：郦鸣枫 责任编辑：周思逸 赖 甜

责任校对：何培玉

封面设计：尚燕平

电脑制版：杭州兴邦电子印务有限公司

印 刷：杭州丰源印刷有限公司

开 本：787毫米×1092毫米 1/32 印 张：6.25

字 数：118千字

版 次：2023年11月第1版 印 次：2023年11月第1次印刷

书 号：ISBN 978-7-213-11181-5

定 价：48.00元

如发现印装质量问题，影响阅读，请与市场部联系调换。

声　明

　　本书中出现的人名、地名及年龄，均已视具体情况酌情处理。

　　本书第86—96页的文章节选自《韩国日报》已刊载的新闻报道：《比"地屋考"更糟糕的蚁居房》（2019年5月7日、8日、9日刊登），《大学街：新型蚁居村》（2019年10月31日，11月1日、4日、5日刊登）等，其他内容均为重新撰写。

　　本书居住面积尽量以平方米为单位，也有部分内容保留了居民们的使用习惯，以"坪"*来表示。

---

* 面积计量单位，1坪约合3.3平方米。

目　录

序　言　　　　　　　　　　　　　　　　　　　　　001

第一部　比"地屋考"更糟糕的蚁居房　　　　　　　005

　考试院居民：当代"蚁居族"　　　　　　　　　　007
　2018年11月9日，国一考试院失火事件／327号房，李明道，
　64岁／326号房，洪某，59岁

　"无情都市"的底层居住前线　　　　　　　　　　016
　1万韩元即可买下你的悲惨人生／蚁居房：活人住的棺材／朴先
　生的蚁居房

　蚁居村的贫困经济　　　　　　　　　　　　　　　042
　姜氏一家／无法摆脱的蚁居房枷锁／住在蚁居房／是谁在用蚁
　居房赚钱／蚁居村生态系统的轴心——中间代理人／新闻报道
　《比"地屋考"更糟糕的蚁居房》

《比"地屋考"更糟糕的蚁居房》后续　　　096

发送到蚁居村的报道 / 与朴先生重逢

第二部　大学街：新型蚁居村　　　109

我的自传之"住房难民"的故事　　　112

20多岁时，我曾是"住房难民" / 逆势飙升的青年居住贫困率

大学街正在成为蚁居村　　　124

信箱和电表道尽居住实况 / 您的单间是"新型蚁居房"吗？ /
都市中的孤岛，沙斤洞的秘密 / 他们反对修建宿舍的理由 / 潜
入"新型蚁居房"采访

首尔，过路客的欲望都市　　　148

来自沙斤洞的回答 / 对你来说，"家"是怎样的存在呢？ / 首
尔，对年轻人更无情的都市 / 首尔，《Produce 101》的缩小版

后　记　　　185

注　释　　　189

序　言

"任何一种状况会存在于世上,"马丁·路德·金曾写道,"都只是因为这种状况的背后有人得到好处,而贫民窟就是这种经济剥削的结晶。"[1]

贫穷是从何时开始神不知鬼不觉地推门进入贫穷者的生活?穷人们到底是何时开始,又为何会贫穷呢?是因为他们天生贫穷吗?对于已实现资本主义最大化的韩国社会来说,虽然贫穷是媒体最喜欢的题材,有关富人剥削穷人的社会结构的新闻报道却很少出现在世人面前。

这本书是2019年5月以及10—11月连载于《韩国日报》的报道《比"地屋考"更糟糕的蚁居房》《大学街:新型蚁居村》的后续。报道揭露了在蚁居村这个被视作"介于露宿街头与正常居住之间的弱势地区",掠夺性房屋租赁产业的相关情况,且以实际案例,向公众展示了房东的集体利己主义。他们扣押了青年的青春和未来,一手把青年们推向了"居住贫困"的境地。

在此报道之前，我还策划了《被困在单间里的孩子们》，报道中探讨了儿童居住贫困问题。用一年时间完成了"居住三部曲"，我对自己做着这样一份算是有正义感的工作问心无愧。

我们在讨论"贫穷"时总是会忽略这个问题：剥削是一个连锁过程。我们应该关注的不仅只有剥削这一巨大的恶本身，还有那些就发生在我们周围的、靠吞噬底层人民来巩固地位的剥削问题，以及被称为底层居住前线的蚁居村和陷入贫困境地的青年们。

我之所以如此关注居住问题，尤其是居住福利，而不是房地产问题，是因为我本人从儿时起就一直在与贫穷作斗争。在"贫穷即原罪"的社会，我曾一度把自己武装得严严实实，生怕身上飘出一丝穷人的味道。但记录下这些穷人们的故事，反而使一直被束缚在"贫穷"二字中的我得到了解放。"居住三部曲"对我来说，既是以记者身份完成的报道，也是一个让我获得自我认同的转折点。非常感谢字坛出版社的李恩惠总编和金始德老师，让我有机会把这些或许只对我个人有意义的经历结集成册，为社会做出一份贡献。

这些新闻报道之所以可以结集成册，也离不开《韩国日报》策划采访组前辈们的支持和照顾。面对组内最年轻的记者所提出的大胆选题，杨亨柱前辈给予了大力支持："不错，蛮有趣的，你可以去试试。"2019年上半年，我之所以能做到怀抱着"一心只为写出优质新闻报道"的热情去工作，是因为这些优秀的前辈们为我奠定了良好的基础。我既无比感谢又无比尊敬的金惠英前辈，她对工作的态度、待人的真诚，以及看待世界的观点都让我深深敬佩。我虽然很想学习她这些优秀的品质，也曾偷偷模仿过她，但依然还有很多不足之处。下半年，在我迷茫不定时帮我稳住重心的是李真熙、朴尚俊和朴素英前辈。还有2018年曾帮助过我的社会部警察组，我真心向他们表示感谢。这些事情并不是凭我一人之力完成的，而是因为有前辈们做我坚实的后盾才得以完成。即使他们每个人都要带领多名实习记者，但大家还是扮演好了自己的角色，这一点我也深表感激。

当然最主要的，还是要感谢《韩国日报》为我这个资历尚浅的记者提供了新闻报道版面，让我所有的实验和挑战得以落实，最终结集成册出版。感谢洪仁基、裴宇韩和徐在勋前辈，提供他们拍摄的照片，在光用文字表现稍显不足的地方做补充。在执行该策划时，我得到了很多前后辈和同事的帮助，但无法在此处一一列出名字表达感谢，关于这一点我非常抱歉。

最后想对一直相信我的家人们说一声："我爱你们。"

第一部　比"地屋考"更糟糕的蚁居房

考试院居民：当代"蚁居族"

2018年11月9日，国一考试院失火事件

这是一栋外墙贴着象牙色瓷砖的老旧三层小楼，最高处三楼的窗户正冒着令人作呕的浓浓黑烟。直到2018年11月8日为止，国一考试院* 都还只是一个存在于钟路2街和3街之间、距离清溪川最近的马路角落。

就是这样一个要勉强抬起头才能注意到的建筑，以及只有低下头才能注意到的住在里面的人，却于失火那天被宣告死亡。无论是考试院本身，还是住在那里的七个人，生命都因这场火灾而终结。

2018年11月11日，即失火两天后，警察和前来采访的记

---

* 诞生于20世纪70年代，是考生做应试准备及寄宿的房屋。1978年前后，随着韩国各大院校陆续搬出"四大门"，新林洞和鹭梁津一带的学校密集区开始陆续出现考试院。经过长达30多年的发展，考试院已经变成了一种价格低廉的租房形式。——本书脚注均为译者注

者，还有那些在隆冬中穿着拖鞋在家门口晃悠的失火幸存者们，都聚集在了国一考试院门前。

这些被视为透明人一样的人，还没意识到自己的生命会在瞬间消逝时，整条街就已被漫天黄烟浸染。这些刚从人力中介所回来、连100万韩元*保证金都拿不出来的人，为避免露宿街头而委身于考试院，那个栖身之所的入口处在此时却被紧紧地贴上了"禁止出入－警戒线－调查中"的黄色封条。入口处前方还摆了一张用于祭奠罹难者的桌子，上面放着一颗看上去还挺可口的金橘和两颗柿子。白色的菊花束密密麻麻地铺在地上，数也数不清。那些已经灰飞烟灭的生命就如漫天飘落的银杏树叶一般挥撒在菊花束上，将菊花束带来的悲戚感也一并抹去。这七名罹难者还未曾向世界反抗一下就已被火灾带走，可发生事故的这条街平静得让人难以置信。

沥青路面上胡乱贴满了悲伤的追悼词，昭然揭示了这里就是那个发生了火灾惨案、夺走多条人命的地方。"我们要的不是房地产政策，而是居住权政策""敦促政府预防反复发生在蚁居房、考试院、旅馆等贫困阶层居住区的火灾惨案"，在这些写满手写字的纸张面前，连路过的行人也会驻足看一眼这栋已经被烧成黑炭的三层建筑物。这里满是大公司办公楼招牌，距离摩天大楼林立的钟阁一带也只有一个街区，对于那些只能打零工

---

* 根据2023年1月的汇率，1万韩元约为54元人民币。

的低收入者来说，这里却是让他们勉强摆脱露宿生活的地方。路过的行人一脸难以置信地停下脚步，小声嘀咕着："这里就是那个失火的考试院啊。"

这场平静被打破是在下午两点的时候，某政党代表和同一政党的政客来到了火灾现场。原本坐在地上的记者们有条不紊地起身，开始一句一句地记录政客的发言。咔嚓咔嚓的相机快门声和噼里啪啦的敲键盘声此起彼伏。该政党代表将代表其党派的黄色衣服穿在外套内。结束默哀后，他在记者面前大声说"这里的景象如实地反映了我国贫困阶层居住问题的真相"，并提高音量表示将提出对策。可没过几分钟，政客们便匆匆退场，这条街上又只剩下了火灾幸存者和记者。

考试院正前方有家福利彩票店，商店的墙上牵强地贴着"增加'公共住宅'，改变无宅市民的生活"的公益广告。

327号房，李明道，64岁

"这样的话，还不如给我们钱呢。"

幸存者李明道（64岁）在一旁看着这一切，心有不满地嘟囔着。他这句讥讽还微妙地掺杂了一丝敌意。住在327号房的他，因为住在有窗户的房间里才在此次事故中幸免于难。他一看到从301号房里蹿出的火焰已经吞没了整条走廊，想都没想就直接从三楼跳窗逃生。虽然考试院已经被烧成了木炭，可居民们认为也许还能抢救出一些能用的东西，所以大家都冒着初冬的寒冷，徘徊在考试院前，只为了等待现场被重新开放的那一刻。

在考试院旁地下的茶坊点咖啡时，李先生说："其他记者请我吃了顿饭，听我说了一些故事。"他下单时，露出期待天降一顿免费午饭的神情。我能感觉到他这个人在有利可图的事情面前精明得很，也知道怎么利用记者。他不仅懂得察言观色、知道记者想听什么，还会不经意间在采访里加一些对自己有利的内容。对于没什么机会面对媒体的普通市民来说，这可是非常罕见的能力。

撰写新闻报道是我的工作，对于"在大街上富有亲和力地和路人打招呼、在短时间内拉近和他们的关系、引导他们说出相关实情"这套程序，我早已轻车熟路，但我很难像对待其他采访对象一样，用客观的角度来看待李先生。连鞋都没得穿只能光脚跳窗的他，却还要强调一下自己"高贵的出身"。虽然我会对他产生一丝人类的怜悯，这份怜悯却也因他翻来覆去的吹嘘而消失得无影无踪。

"别看我现在成了这副模样，年轻的时候我的日子过得别提有多潇洒了。我可是土生土长的钟路人，四十年以来一直就在钟路生活。因为家道中落搬了考试院，现在觉得这么活着真是没意义，我甚至都在想我为什么要活着。以前，我光是打网球就有三家经常光顾的地方，一到夏天就会去滑水，还会去海钓。可今年我连只活的花蟹都没吃上。"

他并没有啧啧咂嘴，而是把咖啡一饮而尽。在他眼里，土生土长的钟路人就好像过去阶级社会里的贵族一样，很是让人自豪。提到钟路时，他还要加一些这样那样的现代史知识，嘴里吐出的那些华丽辞藻分明就是在炫耀，可回到现实，对比一下他满是煤炭灰的手指甲，听来只让人觉得更加空虚。

"越过考试院前面的清溪川[*]，有一条五金街，加上附近的'车床''铣床'，这一带自然有很多金属工厂。你想想那时候势头得有多猛，大家才会管这里叫'除了坦克，能把其他铁制的东西都造出来的地方'。我也在这工作过，但经济不景气之后就开始去工地干活了。"

居无定所、漂泊在外的李先生听说在施工现场干活，就能解决食宿问题，所以辗转到了外县市工作，凭着安装管道的活维持生计。他于2018年春天搬进了国一考试院。没钱没房甚至连家人都没有的他，听说考试院不仅不用缴水电费，还给解决吃饭问题，当然没理由不搬进来。

国一考试院是最适合"求职"的地方。虽然一讲到蚁居房、考试院和月租房等恶劣居住环境的问题时，都会听到一致的反驳声："不要执着于留在首尔，首都圈外的城市到处都是便宜的房子。"可这些穷人如此执着于留在首尔自然是有原因的。再加上李先生是土生土长的钟路人，坚持死也要死在钟路。这也许

---

[*] 首尔市钟路区与中区交界处流淌的河流。

是没有发声权利的社会边缘群体的固执，但《经济、社会及文化权利国际公约》确认了相关权利或自由，人有权利居住在自己熟悉的文化圈中。没钱就不能在自己熟悉的地方居住，这其实是韩国不断实施拆迁、强制搬迁等都市开发政策的苛政结果。

"人力中介所就在钟路上，越过这条街就是。想要接到工作就得起早过去。为了节省公交车和地铁的费用，我选择住在这附近。在这打四天的工就能赚到40万韩元左右。"

他的每句话都夹杂着虚张声势和对社会死心的态度，但故事仍始终如一地以钱为中心展开，因为没有钱所以没法出去玩、没法吃顿好的，进而拜托我写出一篇能让政府因此次火灾而向他们支付赔偿的报道，等等。落魄到如此境地的他，表现出一副"只要能够换成钱，向全世界出卖自己的尊严都在所不惜"的态度。

"10万韩元就是我现在全部的家当。口袋里得有钱才能出去喝点小酒，以前我一周会出去玩一两次，现在我都不记得上次出去玩是什么时候了，每天早上一睁眼就是绝望。都说住在考试院是流落街头前的最后一个阶段，我只希望自己可以安详地死去，对其他的事情不抱任何希望。如果失火的时候既不烫，也没有灼伤感，还很舒服，我可能就会躺在房间里等死了。"

地下室、屋塔房*、考试院（三者合并简称"地屋考"）的居

---

* 韩国人对一种简陋阁楼的称呼，指房屋最高的那一层。因生活设施相对不便利且室内冬冷夏热，屋塔房在韩国也被视为穷人的代名词。

住费用日渐飙升到令人难以负担的程度。在这座贫富两极化和经济低增长的城市，已经被"淘汰"的这些人只能靠这些空间勉强解决生存问题。因经济不景气而失业、面临露宿街头危机的低收入临时工和独居老人，为了维持平凡的日常生活，只能自发住进"地屋考"。韩国统计厅每五年发布一次的《人口住宅总调查》显示，2005年，除了在商务公寓楼居住，在"住宅以外的地方"居住的住户就有5万户，且增长势头迅猛。2010年这个数字增加到了13万户，2015年则增加到了39万户。司法考试被废除后，大量学生和备考生搬出考试院，考试院又被大量低收入单身群体填满，而后成了该群体新的安身之处。如今，独身一人住在考试院的中年群体已不再是陌生的风景了。

326号房，洪某，59岁

"我的妻子和孩子们并不知道我住在考试院，包括失火这件事我也没告诉他们。至于为什么会分开住，不太方便和您说，总之是因为家里有些情况……无论如何，这事绝不能让我家里人知道，所以请千万别把我的名字写出来。"

洪某（59岁）住在326号房，也就是327号房李明道的邻居。他再三嘱咐我千万不能让其家里人知道这件事。他住进国一考试院是在四年前，在租客中算是"相当年轻的一代"。

他这个人，一辈子都在梦想着可以"东山再起"。然而，在不容许"败者复活"的韩国社会，东山再起的成功率，就和每周六不抱太大期望去买彩票并在某天会中大奖的概率差不多。但他为了省钱，最终还是将考试院的房间一室两用，充当办公室兼住所。这对洪某来说也是权宜之计。

"我在三十年前经营过娱乐场所，后来几次创业但都失败了，尤其在国际货币基金组织介入国内经济的时候（IMF时期）*经历了重创，就再也没能东山再起。那时候我打算做洗衣粉生意，从比利时进了15吨原料放在龙仁市。可谁知那年会碰上自然灾害啊，一场暴雨就把所有原料都冲毁了。之后我又重新挑战了很多次，可结果都是原地踏步。现在也在准备创业，希望能成功，偏偏这里又着了火……"

活得越努力，反而越贫穷。我在国一考试院火灾现场见到的所有人，都是这一现象的鲜活案例。在资本主义社会中，生活必须要有一定程度的安逸，至少要达到平民以上的社会地位，才能将"跨越阶级"或"追求成就"定为人生目标。这些住在考试院的人，目标并不是向上爬，而是每天都在期望自己不要被挤下去。

"我是做事业的人，可考试院里的其他租客大部分都是打零工的。"

---

* 1997年亚洲金融危机时，韩国经济遭受沉重打击，韩元大幅贬值，股市暴跌，多家大企业和银行先后倒闭。为克服危机，韩国接受了国际货币基金组织（IMF）的紧急资金援助，同时也接受了苛刻的援助条件，使其经济进入了具有明显特征的IMF管理体制时代。

洪某不知不觉地在自己和邻居之间画了条分界线。考试院里也有阶级之分,阶级的标志就是窗户。他住的326号房的月租是35万韩元。也正是因为住在虽然稍贵但有窗户的房间,他才得以存活下来。洪某认为自己不是打零工的而是做事业的人,字里行间也能感觉到他那份优越感。

不过令人意想不到的是,他现在临时住在附近的另一家考试院,月租居然要40万韩元!这批幸存者中,住得起"4"字开头的房子的人真是屈指可数。不过对于洪某来说,被称为"当代蚁居房"的考试院到底是什么样的空间呢?

"考试院?当然是世界的最底层了。这个考试院里住的都是离露宿街头还有一步之遥的老年人。着火的时候多数人都是只身一人就跑了出来,因为他们根本没有行李。"

2019年的韩国,依然有极度贫困的人群为了争取最低限度的生存条件和一小片可以栖身的空间而垂死挣扎着。可也有人在利用他们"因为贫穷所以活得更艰难"的情况牟取暴利,离剥削只有一步之遥的租赁业堆积出了一座财富高塔。这正是所谓的"贫困经济"。

"无情都市"的底层居住前线

1万韩元即可买下你的悲惨人生

2018年11月11日下午五点，离入夜还有一段时间，但首尔市钟路区昌信洞的蚁居村胡同早已被笼罩在黑暗之中。在市中心很难见到的橙色灯光，证明了这里有多么落后、多么无人问津、多么荒凉寂静。这个社区的人甚至没有余力去相关行政部门信访。

路灯周围布满了蜘蛛网，灯泡反复发出嗡嗡声，每隔一秒闪一次。周围的房屋既无任何光亮也没有一丝人声，寂静中能听到的只有忽闪忽闪的路灯传来的噪音。地铁换乘站东大门站和东庙玩具市场之间有条小胡同，胡同入口处挂满了有着红色温泉标志、用端正的粗字体写着"×××旅馆""××旅店"的招牌。走进这条鲜有人路过的胡同，就会抵达首尔最贫穷的人所住的地方——昌信洞蚁居村。

两条地铁线交会之处有个十字路口，兴仁之门*就毅然立在那里。从这里出发步行不到五分钟，就可以看见东大门设计广场（DDP）、服装批发商场以及高档酒店等华丽的建筑。蚁居村

---

* 朝鲜时代汉阳都城的东城门，现位丁首尔市。

就被覆盖于这些建筑映出的耀眼光芒之下。

可仅仅是越过一条清溪川，仅仅是跨过一条人行横道的距离，昌信洞蚁居村里到处是仿佛第二次世界大战后建造的老旧商铺，以及更早之前建造的矮平房。家家户户的屋顶上空都缠绕着粗细不一的电线，简直乱成一团。

有轨电车在以前是公共交通方式之一，而这里曾是有轨电车的终点站。1932年日本殖民统治时期，京城轨道株式会社运营着东大门至往十里之间搭载乘客的有轨电车。这里也自然而然地成了小旅馆、酒馆和性交易场所的聚集地。1966年有轨电车运营中断后，旅馆和红灯区变成了蚁居村，这也是蚁居村最早一批居民的由来。[2]不过还有一种可能性，附近的和平市场在建立初期曾从外县市招募了大量的廉价劳动力，这批工人在此借宿或落脚，蚁居村的雏形由此逐渐形成[3]。

这个社区的建筑物都是清一色的老旧韩屋，没怎么正式翻修过，只在有需要的时候象征性修缮一下。偶尔会见到把碎木板和石瓦片简陋地绑到一起，然后贴在已经倒塌的木制建筑上，并简单地把住址写在木板上的房子。补墙壁破洞的薄铁板早已生锈，上面又生出新的千疮百孔。

低矮的改良韩屋或石板房的屋顶都铺着帐篷布或地板纸，哪怕只能挡一点点风也好。很多人家会在院子里铺上塑料或者透明板子，把院子当作室内空间使用。从上往下俯视的时候会发现这些韩屋呈"口"字形或"匚"字形。也有很多房子的外

首尔市钟路区昌信洞蚁居村一带。

墙甚至没有刷油漆。还有的房子连水泥都没有砌完，一层又一层的水泥砖整齐地暴露在室外，仿佛这是某个施工现场。

这里的环境实在令人生厌，甚至不需要走近就可以知道这里是蚁居房，每个房子的入口处都贴着"不需要保证金的月租房"的告示，要么就是用油性笔在墙壁上随便写下一句"有月租房"的小广告。有的人家甚至将门牌号也随随便便写到墙壁上。

房子玄关处一定会有好几个看着大概是区公所帮忙置办的灭火器。稍微探头往里看看就会发现，每间房都会延伸出一团缠绕在一起的电线。这些交织在一起的电线就一直挂在那里，数十年如一日地，毫无被整理过的痕迹。这也暗示了这一栋建筑里到底住了多少人。可万一这些老化的电线走火，光靠一两个灭火器显然是不够的。

这里随处可见有人生活于此的痕迹，人们会在每条胡同的入口处，在装满泥土的泡沫塑料盒里播种。这些生命在泡沫塑料盒里也能茁壮成长。有的人家甚至在胡同里放了十多个花盆，因为他们的家里既没有阳光，也没有适合种子生根发芽的土地。

电线杆上贴着厚厚的"人力中介所"传单，大部分都在招临时工。有些人还发挥了他们自己的动手能力，在房子的玄关和窗户上方粘上了自己组合好的木板，又在木板上面放上石板，这就像一个能为他们遮风挡雨、遮挡烈日的雨棚。

五彩斑斓的壁画很耀眼，这是社区外的青年以美化环境或志愿活动的名义过来画的。朝气蓬勃的超级马里奥和整个社区的气质格格不入。马里奥壁画上方还写着"有月租房"的字句。冬日时分，胡同里空无一人，华丽无比的壁画反而衬得胡同更为凄凉了。

"你去趟蚁居村吧，去观察一下实际居住情况和安全状况。"

就这样，我迈出了探访蚁居村的第一步。本来上午一直在钟路国一考试院采访，我突然就接到了去蚁居村的指示。为了隔天的新闻版面，我必须尽快了解蚁居房、考试院等弱势群体

俗称"昌信洞蚁居村"的首尔市昌信洞钟路46街。

的居住环境，并写成新闻报道，而且报社留给我一整页的版面。

我虽然连蚁居房是什么、在哪里都不清楚，但还是迅速地回复了一声"好"，然后马上拿出手机，搜索"蚁居村""蜂巢房""月租房"（不需要保证金的旅馆出租房），可并没有搜到一个明确的答案。刚好又是周日，所以也联系不上政府机关和蚁居房咨询所（服务蚁居房居民的社会福利机构），我很是焦躁，漫无目的地走进了钟路珠宝一条街附近的破旧旅馆，结果碰了钉子。我又打给写着"仅能睡觉的房间"传单上的号码，最后在不小心走错的那条路里发现了昌信洞蚁居村。

首尔市钟路区钟路46街，这是一条市中心的旧胡同，落后到在智能手机地图上输入地址搜索一番，用手指把地图放大都依然会半信半疑的程度。一条胡同里并排坐落着五栋建筑，上面整齐地挂着不同字体构成的"××旅馆"牌子。这已经有点奇怪了。推开门探头进去，朝走廊中心的方向望，会发现蜂窝一般的蚁居房密密麻麻地聚集在一起。对于年轻女性来说，这里绝对是一个阴森而非友好的地方。走在这种胡同里，哪怕只是和某个人对视一下，都会吓出一身冷汗，看到突然出没的猫也会心惊胆战。但我根本来不及照顾自己的情绪，而是在大衣外面套上雨衣，以此阻挡淅淅沥沥的毛毛雨。随后，我一只手拿着手机，另一只手拿着工作手册，毫无思绪地徘徊在这个社区里。

虽然冬天还未正式到来，蚁居房的门却早已被门缝纸糊得密不透风，我在等待着其中一扇门正好打开。

那时S超市引起了我的注意，这是蚁居村中唯一一处亮着灯光、有人气的地方。不过与其说这里是超市，它更像一家破旧的小糖烟酒店。超市门前放着几把椅子，像是一个供社区居民聊天放松的空间，但在这初冬时分根本发挥不了用处。

铁门被我拉得唰唰作响，这个3坪都不到的空间里散发着一股异味，味道来源于那些搁置了很久的货物。铁架上堆着老板的家什和卖给客人的商品。说是商品，其实只有烟、饮料和饼干罢了。

我不由分说地抛出一句"阿姨好"以示友好。

"您好，我是《韩国日报》的记者，我愿意多花点钱买几瓶维他命饮料，请问可以帮我介绍一位这里的居民吗？"

超市的主人是一个60多岁的老太太，叫崔美子（62岁），她正和孙女在角落里吃着晚饭，本来超市已经临近关门之际，谁知突然天降了一位客人。她见状急忙穿上拖鞋走出来，抱着装了10瓶维他命饮料的箱子对着我挤出笑容。"我有很熟的人呢。这些饮料要5000韩元……"

我都不确定这家小店能不能刷信用卡，但急忙付了1万韩元买下了原价5000韩元的饮料。超市主人一脸发了横财的表情，毫不犹豫地带我向对面那个破烂不堪的双层建筑楼走去。我有种自己获得了千军万马的心情。

灰色的铁门发出"吱"的一声，虽然声音很响亮，但我并不能确定这扇门是否能真正尽到它的职责。

这栋蚁居楼里同时住着多户人家，玄关门却连锁都没有，可以随意进出。天不冷的时候这扇大门会肆意敞开，而在冬天则是玄关紧闭，不过蚁居房里的居民还是会被冻得缩成一团。

大部分蚁居房的院子或者是室外的部分，都会铺上透明的板子，以便作为室内部分使用。有些人还会在上面盖上卡车篷布。他们希望这样多少能阻挡一点寒气，这也是用最便宜的方式打造"室内环境"的权宜之计。我跟在崔女士身后，扫视了这栋楼的环境。这里已经老旧到随便瞥一眼都能看出它至少有五十年的历史。二楼也有蚁居房。光是这栋楼就有11间蚁居房，整栋楼都靠着二楼的板子和老旧帐篷来挡风。

一打开门就可以发现这里和室外并没有区别，暴露在外部的水龙头管道里哗哗哗地淌着水。通向二楼的楼梯又窄又暗，还十分陡峭。楼梯旁有一个马桶，那个空间已经狭窄到就算进得去也很难坐得下的程度。这就是居民们的卫生间。虽然现在是冬天，可这里还是臊味冲天。

卫生间对面有个寒酸的盥洗室。紫色的圆形橡胶桶里装满了自来水，虽然上面有一个猪尾巴型的电热水器，可温度也只能让这盆水不结冰。这种猪尾巴型的电热水器可以在瞬间烧开水，一般是用于农村猪圈里或长期在海上作业的渔船上。我把手放进去试了试水温，勉强只能说是温的。除了铁骨铮铮的汉子，一般人很难在大冬天用这种温度的水洗漱。不敢想象蚁居房的居民竟然还得在这里洗碗。

冰冷的深灰色水泥走廊两侧有五六扇门。为了杜绝冷气侵入，大家都把门关得死死的。只有通过走廊里依稀听到的电视声音，才能感觉到一丝人气。老旧到扭曲的门缝里还会透出一丝灯光。崔女士问也没问就嗖溜地打开了走廊尽头左边的那扇门，仿佛是自己家似的。

1.5坪的房间里坐着两个60多岁的老头，他们一同坐在电热毯上看着电视。虽然是在室内，但两人都穿着厚外套，把手放在盘着的两腿之间取暖。

崔女士之所以可以如此随意地上门是有原因的。和这家主人朴善基（62岁）并排坐着的人是崔女士的丈夫郑哲焕（64岁）。冬天没活儿的时候，他会去妻子的店里帮忙做各种杂事。他和朴先生是好朋友，正一起看电视打发时间。

"您好，我想请教几个问题……您知道前不久清溪川旁边的考试院失火事件吧？能否跟我们聊聊您的想法？"

就这样生硬地开始了采访，我心急如焚，因为马上得就此写出报道。我心里想着只要得到了想要的答案就马上抬屁股走人，所以连进屋的念头都没有，直接坐到了门槛上，并拿出手机准备记录朴先生的故事。

"哎哟，我心里当然不好受了，看到新闻都觉得难受。要是我们这里着了火，那大家都会没命的。"

"我们这栋楼有洒水器吗？"

"蚁居房里哪有那种设施啊，真着火了那肯定是死路一条。我在这里生活了二十多年，这么多年来这里失火过很多次，可从来没有新闻报道过。前不久上面的村子还起火了呢。"

"起火原因是什么？居民都活下来了吗？"

"原因倒是不太清楚……应该是煮拉面的时候弄的吧。这里都是用煤气做饭的，虽然最近因为天气太冷暂时没法用了。房间里能引起火的也只有电热毯了，也许是没关电热毯的缘故吧。"

"您不用暖炉吗？"

"蚁居房的月租是包含水电的，房东怎么可能让我们随意用电啊？暖炉这类东西很耗电的，根本不让用。我这个屋子连个窗户都没有，要是起火了肯定难逃一死。"

"灭火器呢？"

"这里的入口和走廊上应该有几个，偶尔在消防检查的时候会拿出来充充样子……"

大概聊了20分钟的时间，尽管我单方面提出的这些问题生硬又粗暴。因为不太方便拿笔记本出来，所以我努力把采访回答都记到了智能手机里。直到那时，我所关心的还只停留在他的生活有多么悲惨，这个居住环境有多么恶劣，房间有多拥挤、有多阴冷，他是否曾经目击过火灾，对考试院居民的死亡有什么看法，如何维持生计，是否负担得起房租，是否感到孤独，想不想在正常的房子里生活这些问题上。

"看来您对考试院失火事件确实有很多感慨呢。"

"不过说实在的，小姐，我觉得考试院的情况比我们这好多了。我们要是没钱了，就只能露宿街头了。我的年纪越来越大，真是又害怕又茫然。你进来坐啊。"

朴先生邀请我坐到他电热毯角落的位置，我可以感觉到这里很久没来过客人了。他还热情地给我看了自己在菲律宾的嫂子的照片，尽管我们今天才初次见面。因为还没冷漠到达成采访目的就转身离开的程度，于是我进了房间并关上了门。只能勉强躺下一个人的房间如今硬生生地坐了三个人，我们紧紧靠着彼此坐在一块，朴先生把最暖和的那块地方留给了我。

在聊天的过程中，我注意到屋子里还有几本书，其中一本很引人注目，叫作《贫穷的时代：韩国都市贫民是如何生存的》。朴先生说这本书是他在路上捡的。为什么偏偏捡了这本书呢？我顿时开始好奇他的人生故事了。路上那么多废弃的旧书，为何他偏偏挑中了这本？是因为很像自己的故事吗？是好奇其他穷人的活法吗？还是想知道自己为什么会过着如此贫穷的生活？

作者在书中给"都市贫民"下了这样的定义："都市贫民虽是一群具有劳动能力和劳动意愿的'经济活动人口'，可从社会结构的层面来看，他们是一群徘徊在近代工资劳动体系之外的群体。"[4]也就是说，这些人即使努力劳动也还是摆脱不了贫穷的身份。朴先生虽然还没开始读那本书，但如果他看到这样的定义时会是什么心情呢？不过书的作者实际上可能并没有说什么，反倒是我担心得过多了。

"不管怎么样，谢谢您和我说这些，我会把您说的这些情况反映在新闻报道里的。"

这其实是完成采访时惯用的套话，某种程度上看可谓说说而已。我不失礼貌地和他们作了简单的道别，便离开了蚁居房，心里却满是负罪感。毕竟我什么都做不了，且更没办法保证用一篇新闻报道就能改变世界。

但不管怎么说，完成了该完成的任务，整个人真是一身轻松，毕竟完成了"一人份"的劳动。我脚步轻快地拖着沉重的身体往家走，"卡考说说"（KakaoTalk）*的提示音又响个不停。某经济报刊爆出考试院的产权持有人是韩国疫苗公司会长河昌华家族[5]，这个消息在记者群里炸开了锅。该报道指出，三年前国一考试院曾被列入洒水器安装计划的建筑之一，却因产权持有人的反对而不了了之。引起各界争议的人被曝出其真实身份是河会长兄妹。[6]而且这对兄妹住在韩国最昂贵的富人区——狎鸥亭现代公寓和道谷洞的某公寓。

住在江南富人区的有钱人通过不动产"不劳而获"早已不是什么秘密，但没想到他们的魔爪已经伸到了钟路国一考试院这种地方。那些人因失火被赶出家门后还要活在这些有钱人的阴影之中，真叫人难以置信。我顿时觉得五味杂陈，心中升起一股郁火：这样也行吗？这世界是从哪里开始出问题的呢？同时又想起这一整天我见到的那些穷人的面孔：李明道、洪某，还有朴善基。我感觉自己在短短24小时内，目睹了贯通这整个社会的大小不一的剥削枷锁。

富人们住在价值数十亿的豪宅里，却在钟路持有着那些破烂不堪的建筑产权。走进去看看就知道，那些建筑名义上是考试院，实际上是和"城市蚁居房"如出一辙的鸡笼。住在那里

---

* 韩国使用率很高的大众通信软件。

的人找不到正常的工作，只能通过人力中介所介绍的临时工作凑齐每个月的房租。万般辛苦下凑到的钱，最终都源源不断地流向了狎鸥亭现代公寓和道谷洞 Tower Palace 旁边的公寓。有钱人和考试院居民之间隔着一条又深又宽的汉江。穷人的贫困和苟延残喘的人生，永远会被这条汉江阻隔在富人世界之外，甚至都不会被人看见。想到这里，我的太阳穴感到阵阵刺痛。

名义上是采访，但实际上我等于用 1 万韩元买了朴先生的时间（准确地说，是从超市主人那里买了他的时间）。他还和我补充说："超市老板夫妇真是非常好的人，二十年来都没有大幅涨过房租。我和他们现在就像朋友一样。"

2019 年 5 月 12 日下午，首尔市钟路区昌信洞蚁居村胡同一角。

可我却觉得，这对开超市的夫妇会不会也是维持剥削的齿轮不停转动的同谋呢？他们每个月凭着这些连暖气都没有的老旧房间就能收租200万韩元，对于相识了二十年、如朋友般的住户，仅仅1万韩元就可以毫不犹豫地甚至是主动地出卖他的贫穷和私生活。而对这一切都毫不知情的朴先生，把电热毯最暖和的部分让给了我，和我讲了他的心里话，还顺便给我看了他家人的照片。我一方面在想，直接把这1万韩元给他应该对他更有帮助吧，另一方面又觉得这是坐拥资本的人或者说是拥有人脉的人（掮客）应得的报酬。我这才发现，世界本就是穷人不断地被啃啮、富人通过不断剥削实现财富积累的这么一个地方。

当然，直到那时，我都还以为超市主人崔女士是这栋蚁居楼的实际所有人。

蚁居房：活人住的棺材

蚁居房：把一间房分成几间只能让一两个人进去的小房间，小房间通常为3平方米左右，一般以不收保证金只交月租的方式运营。[7]

让一个人可以过得像个人样的房子是什么样的呢？这是一个只有多个无家可归的人和贫困户在考试院失火事件中集体丧命，才会让这个问题得到关注的世界。就算蚁居房失火烧死了一两个居民，这种事也并不会被报道到网上。这就是首尔这座无情都市的真面目。相反，富人们如果发现了某块特定区域的"利好"，便会趁良机不远千里地投资数千万的现金，甚至连零星的小块土地都不放过，无论如何也会想办法把它翻新。而有些人恐怕连"过得像个人样的房子是什么样的"这个问题都没考虑过，他们就活在我们身边。

截至2019年，已经在龙山区东子洞蚁居村住了二十年的李女士对于此区域即将再开发的消息感到十分恐慌。因为她在数年前，曾因房东的一句"搬出去"就从原来住的地方被赶了出来。她只好打包本就不多的行李，在七年前搬到了附近的另一处蚁居房。图为李女士在面积为3.3平方米（1坪）的蚁居房里看着电视。因为空间过窄，普通相机镜头没办法拍摄全景，所以本照片为广角镜头所摄，以至于照片的边角处略有变形。

让人意外的是，韩国法律对于人类维持尊严和基本生活需求这件事情，居然是有"最低居住标准"的。《基本居住法》规定了一人户家庭的最低居住标准："面积为14平方米（约4.24坪），包含厨房、独立卫生间和浴室等设施。"2015年制定的相关法律中，规定了公民具有"远离物理意义上和社会意义上的危险、居住在安全环境之下、过符合人类基本标准的生活的权利"，首次将国民的居住权纳入法律保护范围内。通过这条法律我们也可以看到，即使是能够躺下、能够遮风挡雨的地方，也并不能和"足以让人类生存的空间"画等号。不过这条既优雅又有威严的法律，并无法触及金字塔最底端的蚁居房。

在蚁居房这种"最后的居住底线"面前，强调最低居住标准根本就没有意义。被划分到"非住宅"类的蚁居房，无论是从法律上还是制度上都没有一个明确的定义。在国家统计资料里很难看到与蚁居房相关的信息，政府部门和地方自治团体只有在必要时才会对它稍加定义。保健福祉部对蚁居房的定义还算是比较具体的："不需要固定保证金，以月租或日租形式支付租金，室内外面积在0.5—2坪（1.65—6.61平方米），无独立厨房、盥洗室及卫生间的居住空间。"

因无明确定义，蚁居房一直处于法律的死角地带。出租蚁居房既不属于住宿业也不属于租赁业，自然也就不受《公共卫生管理法》和《房屋租赁保护法》的保护。除了一些以前是旅馆、旅店，后来演变成蚁居房的建筑，剩余大部分都属于"无证住宿业"的性质。我在敦义洞蚁居房遇到的社区管理者甚至还大大方方地表示："这里的蚁居房全都没有获得许可。"

生存在这种不能明确是合法还是非法的灰色地带中的人，光首尔市就有3296名[8]。但专家们在调查中指出，还有很多蚁居房未被纳入统计。九老区的加里峰洞和东大门区的典农洞虽然也有蚁居房存在，可首尔市关于蚁居房的调查里只收录了钟路区的敦义洞、昌信洞，龙山区的东子洞（包括南大门路5街），永登浦区的永登浦洞。

即使明确定义了蚁居房，这些问题就能迎刃而解吗？并不会，探究那些更根源性的问题才是正解。那么蚁居房就应该消失吗？对于再退一步就只能被扫地出门的"住房难民"来说，蚁居房至少是避免露宿街头的"防波堤"。

"蚁居房不需要保证金、可以按日结算，同时也避免了居民露宿街头的问题。这的确是事实。20世纪70年代，美国大举拆除了和蚁居村相似的居住资源单人房居住住宅（SRO，single room occupancy）后，街头流浪汉曾急剧增多。"（首尔城北居住福利中心负责人金善美）

由于城市住房费用大幅上涨，光靠蚁居房已经不能解决贫民的住房问题了。于是，考试院被冠上了"现代版蚁居房"的帽子，加入了这个行列。木板房、塑料房、月租房（旅馆、旅店的月租房）、考试院、蚁居房等非住宅性质居住区的人口急剧增加。以2015年为例，有393792户家庭[9]居住在非住宅性质的居住区中，是2005年57066户的七倍。据推测，其中住在蚁居房和考试院的人占到89.1%。

韩国城市研究所所长崔恩英称："2007—2009年，受世界金融危机余波影响，都市贫民为了自救而搬进蚁居房是全世界都出现的现象，但没有一个地方出现像我国这样爆炸性的增长。"2017年，韩国国土交通部以"住宅以外的居住地"为主题进行调查，向公众询问"你认为自己的住所是蚁居房吗"，全韩国有7万多户家庭认为自己的住所是蚁居房。蚁居房、蜂巢房、月租房、考试院等各式各样房型的大量出现及增长速度，远远超过了中央政府机关判断其现状和规模并制定相关应对政策的能力。

有相关分析称，过去"离村向都"*式的蚁居房和现代蚁居房的性质是不同的。首尔大学地理学教授金容昌表示："现代蚁居房是在贫富差距越发严重的情况下，政府推行新自由主义政策的必然结果。将这种恶劣的居住环境作为政策重点关注的对象，是国家应尽的义务。"

"金融危机之后，底层人民选择用住蚁居房的方式自救是全球性现象。法国、西班牙、澳大利亚都存在这种现象。虽然很令人震惊，但其他国家的城市也有在井盖下面睡觉的'井盖一族'，甚至在居住资源丰富、有明确规范的英国伦敦，都有住在

---

* 形容随着城市化和现代产业的发展，大批农村人口涌向城市求职的现象。

泰晤士河船里的'船屋族'（house boat）。投入资金建造租赁住宅和共享住宅*固然重要，但现在是不是该考虑一下那些连共享住宅都负担不起的弱势群体，为他们制定一个'最后的避风港政策'呢？"

朴先生的蚁居房

朴先生的房间里有味道，这味道并不是发霉味，也不是那种会让人瞬间皱起眉头的酸臭汗味，而是他那件太久没清洗过的廉价棉外套散发出的一种馊味，就像下雨天地铁1号线里棉布椅上的味道。虽然居民们向蚁居房咨询所借了石膏芳香剂，把屋子里外上下都喷了个遍，可还是会有掩盖不掉的鳏夫味道，摆脱不掉的贫穷味道，以及都市贫民味道和孤独至极的味道。

即使是只能勉强躺下一个人的房间，会过日子的朴先生也在此合理地分配了空间。他在房间里横向放了一张尺寸刚刚好的双层铁床。铁床的二层并没有放床垫，而是塞满了各种行李。行李已经多到床板中心都被压弯了。

对于这种小到不能再小的房间来说，东西从来都不是被放进去的，而是被挂进去的。双层铁床下方的网上挂满了S形的挂钩，挂钩上摇摇晃晃地挂着很多物品，如石膏芳香剂、黑色

---

* 一种新型租房模式，住户之间共享除了卧室（带独立卫浴）的其他公共设施，如厨房、客厅、阳台、洗衣室等。

的塑料袋、收纳包等。各种打了结的USB线也挂在上面。触手可及的地方放着清理灰尘的滚刷。坐在房间里伸手就能碰到的地方则放了钥匙、剪刀这类杂物。

朴先生用铁床上铺的板子做了一个电视柜，用来放置微波炉、纯净水、电热水器和收纳箱。本来空间极度有限的几平方米小屋，他利用隔板和床，创造出了一层、二层、三层彼此隔开的独立空间，上面还整齐有序地摆放着所有的物品。我虽然不能确定这间房里塞得满满当当的东西到底是随意搁置的还是有序摆放的，但他的勤快劲儿，让我觉得每个东西的放置位置应该都有一定的考虑。

光是床架就占据了这间房一半的空间。剩下一半放着朴先生的电热毯和被子。朴先生就在这间坐两个人都费劲、一人躺着也无法随意翻身的房里生活了二十多年。一层置物架上还有一些东西是无从收纳的：装在黄色袋子里的速溶咖啡、满是顽固污渍的电热水壶、杀虫剂，以及各种药袋子。他只能在睡觉的时候把这些东西推到一边，为自己腾出睡觉的空间。

打开电视收看电影频道是他在这个房间里唯一的乐趣。为了度过那些冷到不能出门的日子，朴先生毫不吝啬地花钱买了一台电视机。他为这台20寸左右的电视机安装了机顶盒。微波炉是维持朴先生日常生活正常运转的不可或缺的电器，虽然它已经发黄到看不出原先的白色了。他经常用微波炉来加热罐头类食物，毕竟在蚁居房里做饭非常不方便，用方便食品对付一顿是常事儿。当然，大部分家电都是他从街上捡来的，还有一些是蚁居房咨询所帮着置办的。

"大叔，您一切都好吧？"

大白天我突然出现在朴先生家门外，吓得他赶紧穿好裤子。不过，让他慌张的应该不是因为没穿好裤子，而是因为他没有想到时隔一个月后居然又见到了只有过一面之缘的记者。他有些不知所措，和我对视的时候还尴尬地摸了摸后脑勺。朴先生的房间在这栋楼的最角落。虽然我的突然到访算是侵犯了他的私人空间，但对于鲜有访客的蚁居房居民来说，这份失礼是可以欣然接受的。

"好久不见了，记者小姐你怎么来了？一般来过这里的记者绝对不会再来第二次的……"

门打开的瞬间，屋里就飘出了一团灰蒙蒙的烟气。虽然烟气的出处也有可能是来自微波炉和电热水壶，且我们也只见过一次面，可我还是忍不住唠叨了一句："大叔您怎么能在房间里抽烟呢？万一着火了怎么办？"朴先生尴尬地笑着说："天太冷了，真的没办法。"屋子里烟雾缭绕的，我抬起手挥了挥烟后，猛地坐到了电热毯上。我的到访是有目的的，我必须从他那里得到证词。2018年12月9日，被称为"当年入冬以来最冷的一天"，也是报道《寒流中的蚁居村》的那一天。

朴先生的脸上并没有喜悦的神情，反而一脸病态。蓝色上衣上套着淡绿色的马甲，虽裹着厚厚的超细纤维被子，他也依旧咳个不停。电视屏幕旁边有一个印着"咳嗽感冒药"几个粗大字体的袋子，里面被塞得满满当当的，看起来开的是很多天的量。

"不过，为什么房间里这么冷啊？"

我和大叔对视着，手不停地摸着地板，却完全感受不到一点热度，是货真价实的冷炕。推拉门的缝隙里不停地钻进凛冽的寒风。在房间里说话甚至还会冒出白气，真的很难相信这里是室内。

"您感冒了吗？"

"病了好几周了也没好。医院也去过了，吊瓶也打过了，各种方法都试了个遍，可还是没用。住在蚁居房，每年都会感冒，这是家常便饭。天太冷了，我只能窝在房间里，人不生病才怪呢。"

"您之前说已经在这生活了二十多年，这些年您都是怎么熬过冬天的呀？"

"本来是有锅炉的，也给开过暖气。但是大约十年前油价突然上涨，从那以后就再也没开过。十年都不开暖气的话，设备应该早就冻坏了。"

"您没和房东要求过开暖气吗？"

"我有想过啊，可是万一我提了这茬，人家要求涨租或者是把我赶出去的话，那多狼狈啊。十年前我才50多岁，身子骨还算硬朗没什么毛病，我寻思着就别自讨没趣了。天再冷，把自己包裹得严严实实的，忍一忍也就过去了。"

"可是这也太冷了，我记得上次您说过连暖炉都不让用。"

"所以我每天早上醒来都有种鼻子被冻住的感觉。"

"那您平常是怎么洗漱的呢？"

"离这100米有个叫'垫脚石之家'的地方，那儿有公共的洗衣房和浴室，热水也比较足，所以我经常去那里洗。之前我还每天都去来着，像今天这么冷的天气还是一头扎进被窝比较好。不然，在洗完澡回家的路上，皮肤都能冻裂。"

他说的这些话、当下的情况以及我亲眼见证的事实，都非常适合写成新闻报道，可我握着笔的手却一直纹丝不动。我调整了一下坐姿，边注视着他边开始问"是什么时候开始难受的""有没有去过医院"之类的问题。

我也说不清楚本来着急给报道收尾的态度为什么会突然转变，但我实在不想消费这么一个穷到让人可怜、活得无比凄惨的人。国一考试院失火事件之后，我目睹了韩国社会大大小小的剥削问题，我不知道是否还能从历史、阶级和结构的角度去剖析他这个人。蚁居村居民被牢牢地按压在社会构建的金字塔最底端，他们甚至是为了不被彻底挤出金字塔而苟延残喘地苦撑着每一天。而且对于他们来说，并不是因为自己做了什么才变得贫穷，而是有人一手将他们推入了贫民阶层。

"肩膀很疼，但我最担心的还是天太冷接不到活儿。我真的很讨厌冬天，虽然天冷也是一方面，但最重要的还是冬天没办法施工，所以也没什么活儿。去施工现场做木工的话，工资是一般杂工的两倍。不过现在可不是挑来挑去的时候，等春天一到，我就去人力中介所接点杂工的活儿。"

　　光是天冷、身体难受、没工作这些事情，就足以让朴先生忧心忡忡了。因为过于疼痛，我们谈话时他都一直在摸肩膀。他的房租从每月22万韩元涨到了25万韩元。对某些人来说不过是区区的3万韩元，对蚁居房居民来说，租金可是上涨了超过10%。他每个月的居住补贴（基本生活补贴）只有21.3万韩元，虽然2020年涨到了23.3万韩元，可远不如月租涨得多。上个月因为接不到工作，他还欠了当月的房租，日常花销也是拖着病痛的身体在社区里找了点儿杂活才勉强赚到。

　　"不过社区里的人都很照顾我，车站旁边的皮包店关门的时候我有去帮忙，还赚到了点零用钱。一周去四次就可以赚到5万韩元。幸好我在夏天的时候接了人力中介所介绍的工作，赚到了约70万韩元。只要那笔钱一入账，我马上就能把上个月拖欠的月租还上，虽然接下去的冬天还不知道怎么办……"

　　"不是，就这种房子，房东怎么好意思收那么多钱呢？也不给开暖气，哪里坏了也不给修理。居然还要25万韩元？连着交二十年的话就是6000万韩元呢！"

　　"就是说啊。我刚开始住进来的时候月租才17万韩元，最近突然就涨了这么多。"

"房东是上次那个超市主人吗？他们也在这栋楼住吗？您都这样了，他们也无动于衷吗？"

"不是的，那个人只是这栋楼的管理者，帮房东收租、管理公共设施之类的，以此代替房租。房东并不住这里，好像只有收租的时候才会过来一趟。"我想起了一个月前在这见到的超市老板娘，她抱着维他命饮料、带着我来找朴先生的样子让人印象深刻。因为这栋楼上贴着告示"有月租房出租，请联系S超市"，所以我理所当然地以为超市主人就是房东。真是做梦也没想到他们只是"不在地主"*的代理者，真正的房东另有其人。

"那您知道房东是谁吗？"

"房东是从来不会出现的，我这么些年好像就见过一次。房东的儿媳妇为了收月租而在胡同里走来走去，但是这里本来就很窄，所以也没怎么看清楚。"

我干脆把报道收尾的事抛到了脑后，本能地问起了这些问题。听朴先生说得越多，我的心情越是微妙。房东的儿媳妇只有收月租的时候会过来，所以我也没有和蚁居房实际所有者正式碰过面。而且房东也不会亲自来收租，而是在每栋楼都安排了一个代理人。这种事情闻所未闻，是蚁居村未曾向外界透露过的运作原理。

"那房东到底是谁呢？是个什么样的人呢？"

---

* 把土地租给他人，而自己并不在土地所在地的地主。

"其实，这条胡同里的所有建筑都是房东的。房东一家人用收租的这些钱买下了地铁站旁边的一栋楼。"

"房东"这个词就像一块碎玻璃，深深地嵌入了我的脑海里。不对，是有种头被锤子狠狠砸过的感觉。我目瞪口呆。因为直到那时为止，我都还因为房间内实在太冷而蜷缩着，但朴先生的这句话让我整个人瞬间坐直了。那一瞬间我闪过了一个念头，也许应该从头开始重新审视蚁居房的问题以及对贫穷的烦恼。

重要的不是"场景"而是"结构"。为什么我事先没想到这一点就直接开始写新闻了呢？惊讶、震惊、痛苦、茫然等各种情绪，一时间齐齐涌上心头。最关键的是，如果不是长久以来生活在这种生态系统下的人，其他人难以察觉到这些事情。如果没有内部人员的揭示，这些问题也很难暴露出来。

只要稍微环顾一下四周就会明白，蚁居房根本不是一个可以"活得像个人样"的空间。这个勉强只能躺进去一个人的空间，既不供暖也没有暖气。公共水龙头管道里只有冷水。而至于生活在别处的房东，别说管理租客们的安全问题了，连最基本的修缮义务都没有履行。这里靠着行政当局用老百姓的税金做一些基本维修，以及附近教堂和蚁居房咨询所的温情援助，才勉强建立起能住人的居所。住在这里的人可以免于露宿街头，代价是每月交付22.8188万韩元的房租（首尔市平均水平）[10]。修缮这栋接近废宅的建筑花费的是行政当局的税金，按照房屋面积比例来计算的话，租客们的月租甚至要比江南 Tower Palace 高出数倍。我有种直觉，用房租建造大楼以实现财富增值的荒唐事例，绝不止昌信洞这一件。

蚁居村的贫困经济

姜氏一家

我记不清同样的动作已经重复了几个小时，只记得整个凌晨我一直在用敲键盘的方式和自己较劲。那天见过朴先生回来后，我虽然躺到了床上准备入睡，心脏却砰砰作响，几乎是睁着眼睛度过了一整夜。我不是在瞪着眼睛数羊，就是在听冥想音乐催促自己入眠，就这样一直折腾到了午夜一点钟。之所以难以入睡，不仅是因为我对难以想象的蚁居村生态系统感到愤怒，也是在为作为记者必然想去挖掘的"有价值的题材"而感到兴奋。

最终我还是踢掉被子，起身打开了电脑。我只需要确认一件事。"其实，这条胡同里的所有建筑都是房东的。房东一家人用收租的这些钱买下了地铁站旁边的一栋楼。"这句话好像被刻进了脑海里似的，一直在我耳边嗡嗡作响。只要能找到这句话的证据，应该就可以放心去睡一觉了。

我并没有计算做这件事情需要花多长时间。为了查明房东的真面目，我先查阅了朴先生居住的那栋楼的产权登记簿。那栋楼的实际所有者是一名60多岁的女性，名叫"郑善心"[11]，就住在隔壁社区。我在另一个网页里打开了地图，沿着钟路46街整理了朴先生居住的蚁居房附近的所有建筑地址。然后，我又查阅了附近15栋建筑的产权登记簿，并把证书上可以确认到的、与房屋所有权和债务关系相关的信息，都一一登记到了电子表格里，其中包括建筑地址，现房屋所有者的姓名、住址，登记年份和原因等。

虽然整理完这些已经快到清晨时分，可我还是毫无头绪。任凭我把显示屏看穿了，也无法从这100多个字节的数据中找出所以然来。外面叽叽喳喳的鸟叫声只让我觉得很无助。和朴先生认识又没多久，我为什么那么相信他呢？不过因为区区一个社区传闻，我竟为此耗费了一整天。我突然开始自责起来。在准备关掉显示屏、决定放弃之前，我最后看了一眼凌晨时分整理出的电子表格。

需关注的对象"郑善心"这一名字仅出现在两本产权资料中。除了持有朴先生所住蚁居房的那栋楼的产权，她还和一个叫"姜炳善"的人一起持有蚁居房右侧那栋楼的产权，但我并不能因此就草率地得出结论——他们将收购蚁居房作为事业来经营，通过压榨无处可去的蚁居房居民来牟取暴利。而且，这条胡同里所有建筑物的实际所有者也并非如朴先生所说，都归郑善心以外的同一人所有。因为一直忘不掉"帮房东收租、管理公共设施之类的，以此代替房租"这句话，我重新确认了一下S超市那栋楼的产权登记簿。超市所在建筑楼的所有者是生于20世纪60年代后期的姜炳哲。

正睡眼惺忪地盯着显示屏的我一下子就精神了。我一定在哪里见过类似的名字！我再次查看了电子表格中所有者姓名那一栏，并加快了移动鼠标的速度。

姜炳哲……姜炳哲……

姜炳善！和郑善心一起同为隔壁蚁居建筑所有者的人叫姜炳善。

奇怪的是，这条胡同的建筑物所有者大多都姓姜。我之前太过执着于"全部建筑物的所有者都是同一个人"这一点，未曾想过如果这片区域内的建筑确实都归同一人所有，那么所有者可能在某个时刻将这些建筑分配给了子女或者配偶。"姜"这个姓氏虽然不算常见，但也说不上有多特别，所以并不能因为姓氏相同就硬把所有的拼图碎片都拼在一起。但姓氏为姜，又以"炳"字作为辈分的人并不常见。我猜他们之间应该是兄弟或兄妹关系。

朴先生所住蚁居房的所有者是郑善心。

其右侧建筑物的所有者是郑善心和姜炳善。

S超市那栋建筑物的所有者是姜炳哲。

朴先生所住蚁居房对面那栋楼的所有者是姜炳植。

以及最近由蚁居房翻新为民宿的建筑，其所有者名为
姜炳恩。

光凭现在已有的线索，我们已经可以推断出郑善心和四名
姜姓人士为一家人。且这些人的名字，也都分别出现在这些建
筑物的抵押权人名单上。我加快了查阅资料的速度。这些人主
要是这一带房屋的所有者，偶尔也会出现在其他社区的产权登
记簿上。他们的所有权均为20世纪80年代后期通过买卖或赠
予的方式获得。这些建筑物的所有者，在那个时期，很有可
能是通过父母的赠予、继承或家族内部买卖的方式获得了所
有权。

可惜的是，产权登记簿并不是可以明确家庭关系的资料。
只有拿到家庭关系证明书，才能对子女关系、夫妇关系一目了
然，但这必须要本人申请。虽然我心里已经明确肯定，这些人
一定是以家族事业的标准在经营着蚁居房，但只靠推测并不能
完成报道。光凭这点证据，别说搬到编辑会上讨论了，就连我
自己也无法被说服，所以我需要更具体、更直观的事实。但不
管三七二十一就直奔现场，也不是聪明的做法。在没能完全掌
握所有事实关系的情况之下，若只为了"确认"就跑去拜访当
事人，那么所有计划很可能因为一句失言而全部打水漂。虽然
困意袭来，但利刃已经出鞘，我必须要砍中点什么才行。我抱
着这样的想法，积极地确定下一步的策略。

我不得不去查找其他的资料。产权登记簿上，所有者的"住址"是我唯一拥有的线索。既然这些人都是一家人，那他们很有可能都住在一起。既然我已经发现了端倪，必然要打听一下这家人是否还有其他家庭成员。当然，产权登记簿上留下的都是登记时的地址，很有可能和他们现居地址有出入，而且他们登记的也有可能是实际无人居住的地址，但是我暂时也没有什么其他办法了。我整理了四位姜姓房主和郑善心的住址，标记出了每一个有疑问的点，也比较了共同点，然后又翻来覆去地浏览电子表格和产权登记簿，又花了一晚上的时间。

"首尔市钟路区××洞××—××。"

是因为我坚持不懈的追踪吗？还是因为我太努力了所以老天决定奖励我一下？如果这两点都不是，那就是我这个从业还未满三年的菜鸟记者的直觉过于精准！经过多次的搜索、分类、筛选而得出的这个地址，直觉告诉我它一定代表着些什么！姜氏一家中有好几个人的地址都出现在了昌信洞隔壁社区，且朴先生居住的蚁居房左侧建筑的所有者"崔静子"，其登记的地址与姜氏一家相同。崔静子很可能也是姜氏一家的成员之一。

此时此刻，我已经可以听到外面上班族赶公交车的声音了。都查到这一步了，如果这件事最终无法完整还原，那我真的会很不甘。不对！其实我很清楚，这个住址就是那颗可以一着定胜负的棋子。现在我已有强力的心证，只要能掌握确凿的证据，就可以展开一场一击毙命的采访。那天我怀着迫切无比的心情，最后一次打开了产权登记簿以及自己整理的建筑台账。

姜炳善、姜炳植、姜炳哲、姜炳允、姜炳妍、姜炳恩。

有一栋建于地铁站附近、下至地下一层上至地上五层的建筑，于1996年获得建筑许可。感情深厚的姜氏一家用蚁居房居民们赚来的血汗钱铸成了这栋建筑，并将兄弟姐妹六人的名字一口气登记在产权登记簿的"所有者"一栏上。虽然这是我一直苦苦寻找的信息，但当它真的在我眼前展开时，我还是有些难以置信。

短暂欣喜过后，悲凉感席卷而来。随着首尔市的居住费用越来越高，越来越多的人进入了以"地屋考"为家的居住弱势群体行列。虽然我们对此现象已经见怪不怪，但居然有人将其作为"家族事业"，经营着离流落街头只有一步之遥的、被称为最恶劣居住环境的蚁居房的生意。我仿佛见到了出了问题、病入膏肓的资本主义的真面目。经过我的测算，到目前为止仍作为蚁居房使用的这五栋建筑，预计每月可以收取1400万韩元的现金。

朴先生的话是对的，蚁居房确实是姜氏一家的家族生意。

拼出第一块拼图后，整整一个月我都没开展下一步的采访。每天都被堆积如山的日常工作缠身，实在是没有一丝余力可以留给采访。其实我自己也不确定，到底何时才能打开心中那个装着第一顺位项目的抽屉。而且一头扎进采访也不合适，因为我手里只有一条细微的线索。

如果借调查机关做调查的步骤来比喻，我在一个月前熬夜找出那些关于姜氏一家以及蚁居房产权关系的信息，充其量只能算作"内部调查"阶段，只不过是得到了某个线报、开始判断这是否值得调查一番的阶段而已。虽然确定那个登记地址的存在时着实让我松了一口气，但离写出报道还差得很远。目前我手里只有一条线索，如果想让整件事都浮出水面，需要更扎实的计划和更全面的信息。

可万万没想到的是，突破口来得十分偶然。在年会聚餐时，我居然从某个市民团体的相关工作人员那里听到了一件事。

"不久前我见到了××区的领导，他们非常在意蚁居村的问题。蚁居房的所有者都是有钱人。要是领导们想为蚁居村的居民们做点什么，这些有钱人就会抱怨并百般阻挠。

"如果市政厅想买下建筑物用作公共设施，他们是会配合的。区公所担心蚁居村也会发生像国一考试院那样的火灾，以至于出人命，就让他们安装消防设备，这种时候他们就会装傻充愣。而且如果区公所强烈要求他们修缮房屋，这份压力又会转移到住户身上，住户就有可能被赶出去。最后就变得只能由区公所出面安装灭火器以及修理故障的设备。让人郁闷的事可不止这一两件，反正我们缴的税最后都落到了房东手里。我见到的那位领导私下里甚至还说过那些房子都应该推倒。”

虽然他这段话里只字未提昌信洞，但那天我偶然发现很多人都有类似的烦恼。我意识到，这不仅仅是昌信洞的问题，而是整个蚁居村的问题，是整个社会面对贫困所表现出的极度腐败的问题。既然要切除病灶，就必须把病灶全部切除。我要追究的不是房东这一个体，而是把最贫困人群的贫困当作一种商品的掠夺式资本主义，以及韩国社会对这一现象的容忍态度。这是一件值得敲响警钟的事。

2019年1月，我从社会部转到了可以做长期采访的策划采访组，时间也比以前宽裕了一些。午饭时间，我和组长表达了自己希望找到全部的蚁居村实际所有者住址的想法。按照当时的情况，我的想法只是空有理想的抱负，但组长还是给予了强有力的支持。作为加入部门还不到一个月、资历也最浅的记者，那时候我每天都带着仿佛自己已经发现了什么不为人知的消息的心情，踏着轻飘飘的脚步去上班。

我的关注点自然而然地转向了全首尔市的蚁居村。我查阅了三年来所有和蚁居村有关的报道（10篇报道中有9篇都是特定企业送出温暖关怀、政界人士造访等以官方新闻稿写成的报道），发现了首尔市每年都会发布的《首尔市蚁居房密集区建筑物情况及居住情况调查结果报告》。这份资料足足有200多页，内容涵盖了3183名（截至2018年12月末）蚁居房居民居住环境的相关调查，且调查得非常细致。我觉得首尔市可能会单独保有一份"蚁居房清单"。

负责这部分业务的公务员非常顽固。他反问我"记者为什么需要所有蚁居房的地址"。如果我如实回答"我要一一调查那些房子的实际所有者"，这件事恐怕在第一阶段就会折戟。我表示自己曾多次要求政府公开信息，希望借此施加压力；还表示自己一直都对"居住福利"题材很感兴趣，从而展现自己的正义感；甚至抛出了"大家都是给别人打工的，您就帮帮忙吧"这句话，表达出如果自己拿不到这些地址回去就没法交代的窘迫，以此博得同情。这才拿到了首尔市318处蚁居建筑的地址。我还多问了一句："有没有对首尔市蚁居房所有者的调查资料？"对方公式化地回答："首尔市自立支援科没有对首尔市蚁居房所有者的调查资料，请谅解。"虽然不过是几千字节的资料，在拿到手的那一刻，我感到既欣喜又有些无力，甚至还有一丝忐忑不安，因为我做了从未有人做过的事。首尔市内蚁居村建筑所有者到底都是些什么人呢？第一次要揭露这世界的某一面，让我感到既兴奋又有压力，以至于有些喘不过气。

无法摆脱的蚁居房枷锁

"贫困经济"[12]这个词是指以贫困阶层为对象，不帮助他们脱离贫困，反而使"贫困固定化"的产业；是一种利用那些本就没钱又无处可去的人的处境，只关心如何通过不劳而获的手段牟取暴利来填满自身欲壑的经济形态。在受世界金融危机打击的日本曾出现过因萧条而引起的经济犯罪，如今又在2019年的韩国蚁居村中重现。

在这个只有上流阶层的家庭、居民才会被视为社会规范的世界，蚁居房中的悲惨生活只不过是贫困素材罢了。为什么会搬进蚁居房？为什么无法搬出蚁居房？为什么明明在工作却无法甩掉牢牢贴在身上的贫穷标签？这些问题无人问津。不过至少新闻中出现过"司法考试废除后，大量年轻人搬出考试院"的消息，而蚁居村呢？它就像太平洋孤岛一样无人造访，除了"特别贫困阶层"，外部人根本无从知晓。

蚁居房应该消失吗？"贫困"是人类历史上从未被成功解决的难题。如此单薄的问题也只能得到"拆迁或是不拆迁"这种单薄的解答。蚁居房居民们的悲惨人生，和利用这一点赚钱的人应该分开来看。从解决贫困问题的角度来说，蚁居房自有它的作用。对于没有能力支付居住费的蚁居房居民和流浪汉来说，低廉的月租、不需要保证金以及灵活的租期是很重要的，蚁居房可以按月签约，也可以按日交租。

露宿者行动联盟常驻活动家李东贤肯定了蚁居房的部分功能，他表示："蚁居房和考试院是一张让居民们避免露宿街头的网，具有让露宿者们不至于流浪街头的兜底功能。""露宿者们可以在大街上直接申请租房子吗？我们的行政系统规定，没有住址是不可以申请公租房的。所以说，为了'过上更好的生活'，为了可以拥有住址，露宿者们不得不住进蚁居房里。"

其实，问题在于利用蚁居房对居民进行剥削的租赁行为。

"我不否认蚁居房本身的功能，问题在于现在的蚁居村并没有给居民们提供适合人类生活的居住环境。而且，利用居民即将露宿街头的处境而非法牟取暴利的房东们，一直都在实施这种掠夺性租赁行为。蚁居房居民们是绝对的弱势群体，他们一直都活在只要房东一声令下'搬出去'，就会流落街头的不安之中。可就算蚁居房是这种情况，也仍然供不应求，最近甚至有很多人搬进了考试院。"

蚁居房供不应求，考试院越来越多，这就是2019年韩国首尔市的现状。

但即便是这样，李东贤也认为，为了让蚁居房发挥它的功能，人们应该允许它的存在。发挥功能是指，虽然居住的环境未达到法律的基准，但如果没有保证金和合同期限的压力，居民们就可以各司其职，专注于维持基本生存。哪怕每个月只能攒出5万—10万韩元，也有可能会申请到更好的房子，比如月租房或公租房等。理论上十分美好，但现实中很难见到发挥着这种功能的蚁居房，这也是为什么人们不允许蚁居房继续存在而是急于把它拆除的原因。以2018年为准，首尔市内的蚁居房居民们已经在蚁居村平均居住了11.7年。

七年前，还是30多岁的李京修（43岁）结束了三年的街头流浪生活，从流浪者中心搬进了永登浦的蚁居村。当时他手中只有39万韩元的生活费，缴纳了25万韩元的房租后就只剩14万韩元维持生活。他在流浪者中心混了三四个月后意识到"我不能再这么活下去了"，便从流浪者中心搬进了一间蚁居房。虽然他自己也活在无法摆脱蚁居房的不安之中，但只要手头稍微宽裕一些，就会煮面让附近的蚁居房居民免费享用。

　　他的脸上写满了曾经走过的苦难岁月，所以看起来不太像正值壮年的40多岁的人。他在街头受苦的时候曾掉过几颗门牙，因没能得到及时治疗而留下了丑陋的牙齿。因此，他看起来要比实际年龄大很多。

　　2019年4月，要告诉我关于发生在永登浦蚁居村的"贫困经济"事件的李先生，约我在相距永登浦地铁站五站的地方见面。他还说在他住的那个地方，任何消息都会传得飞快，因而约在稍微远一点的地方见面比较好。李先生骑自行车抵达永登浦区某咖啡厅后，说的第一句话就是："光是今年，永登浦蚁居村就死了五个人。"他甚至连具体的地名和门牌号都告诉了我，全盘托出了所有发生在死角地带的非法行径和暴力事件。[13]"261-1号是最可恶的，那栋楼的房东也住在那，不过我也不知道他是实际所有者还是管理者。之前那栋楼里住了三个残疾人，都是些拿基础生活补贴的人，好像是每个月的20号，一到那天，残疾人补贴、居住补贴、基本生活费等补贴就会准时入账，大概有110万韩元。这时候房东就会夺过残疾人的存折，以'去取钱吧'的名义把他们带到银行，然后把钱都抢走。最后，房东只还给他们大概10万韩元，一边分钱一边说'这是房租''这是水电费''这是伙食费'。永登浦蚁居村里这样的人，光是我知道的，就有两个，虽然更多细节我也不太清楚。"

李先生一边画地图，一边给我讲哪家哪户发生过什么样的事。几天后，我去了相关居民中心找负责这部分业务的公务员确认情况，得到的结果并无二致。公务员还漫不经心地表示，在这个社区里，补贴被抢走的情况比比皆是，只不过没人曝光罢了。

处于法律死角地带的蚁居村，和其他地方相比，暴力和死亡早已是日常风景。

"您知道更残忍的事是什么吗？这些房东就喜欢有残疾的租客搬进来。可无论是哪种程度的残疾人，他们也都能察觉到自己被勒索了。如果这些残疾人搬到同社区的其他蚁居房，房东甚至还会打听到住址把人重新带回来，完全就是恶霸行为。后来我忍无可忍地跑去吓唬了他一下，我说'你要是再这么做生意，我就把残疾人带到警察局去做调查'。"

最终这三名残疾人租客，有两名住进了医院，另外一名搬到了首尔站的流浪者中心，这才结束了这场毫无尽头的剥削。

从某种程度上说，在永登浦蚁居村居住了整整七年的李先生算是实现了"居住升级"，为此他很是自豪。环境最为恶劣但不需要保证金的房子月租要20万—25万韩元，条件稍微过得去的要30万—35万韩元，相对好一些的要40万韩元。李先生得意扬扬地说他住在月租40万韩元的房子里。虽然最开始他住的也是25万韩元的，但现在他可以称得上这个社区的"上层人士"了。他自己手头宽裕些了之后，就开始照顾周围的邻居，同时也观察到了蚁居村的现实情况：法律死角地带不断上演着欺压弱者的戏码。

"当然房东里也有好人，但我见过的大部分房东都是一个样子：只要房租能按时上交，房子里发生任何事都无所谓。273-1号大概有30间蚁居房，其中有五六间是月租20万韩元，剩下的都是25万韩元，水电费都是另收。大概计算一下，这些房间一个月就可以赚700万韩元左右。要是房间漏水了，都是租客自己修理。通常而言，月租房由房东负责修理，只有全租房*才会让租客自己修理，但住在蚁居房的人不得不自己动手处理漏水的事情。"

永登浦蚁居村也反复上演着"贫困经济"。极度贫困阶层只要一步踏错，就会沦落为街头露宿者。出租人（目前还无法确认他们是否进行过正式的租赁登记，蚁居房的出租并没有根据标准租赁合同进行，所以蚁居房租赁业大部分都以国家无法监管的形态存在）正是利用了这一点来推卸自己的义务。对于蚁居村居民来说，没有比被整个世界边缘化更为恐怖的事了。他们无力主张法律赋予的"居住权"，只能一声不吭地选择自己处理各种问题。

"房东为什么要买下蚁居房？不就是为了赚钱吗？他们才不管租客是谁呢，只要有人把这些房间填满就行。两年前有个服刑了二十年的人，出狱后实在没地方去便搬进了我们这里。他挺可怜的，在监狱里生活了那么久，出来很难适应外面的世界。后来他持刀滋事，警察出动才压制下来。我平复心绪后向房东建议让他退房，结果房东的反应非常冷漠：'那谁来补上这个房间的房租？'"

蚁居房的居住环境远远达不到《居住基本法》的最低标准，

---

* 韩国特有的租房形式。租客给房东一笔押金（房东可利用这笔押金投资），金额通常为房屋价值的30%—80%，居住期间租客除了支付水电费，不再支付任何房屋租金。租约到期时，房东会将押金全数退还给租客。

这里的居民不仅毫无尊严，甚至连最基本的需求都无法被满足。住进格子间里的穷人们依然没有失去希望、互相依靠着战胜困境的场景，只不过是20世纪90年代周末电视剧里出现的梦幻剧集罢了。这些穷到只剩一条命的人在蚁居村只有两个选择：要么被抛弃，要么被剥削。在这个连基本的人权都能被玩弄的空间里，穷人唯一能享受的权利只有"亲手结束自己的生命"。

"您知道'水萝卜泡菜汤'是缓解煤气中毒最好的方法吗？我也是搬来蚁居村后才知道有这回事。三年前有个人试图在蚁居房里烧煤炭自杀，结果周围的人全都煤气中毒了。大家喝了水萝卜泡菜汤后才好不容易缓过来。自杀的那个人是没有手指的残疾人，他对自己的处境感到绝望，甚至患上了抑郁症，所以才做出了那种选择。之后他到底是死是活，我也不太清楚。"

在这个本就不大的社区里，某个人的死亡会迅速引发连锁反应。蚁居村里只要有一个人死去，几天后就会有另一人死去，再隔几天又会有一人死去，大家接二连三地结束生命让李先生觉得甚是神奇。

"这还没到4月，今年就已经死了5个人了。这个社区一年下来死掉的人大概会有10个。蚁居房的租客们都没有工作，也多的是时间。表面上看起来好像大家都挺熟的，实际上除了走得近的那几个人，旁边房间的人是死是活并无人在意。如果房间连着几天有异味了，那就是死了人了。这种事都是家常便饭。"

蚁居房的居民中，约1/4的人（27%）在近一年内曾产生过强烈的自杀念头[14]。社会将这些贫病交加的人视为只会消费却无劳动能力、同时又会给组织带来负担的存在。在这种情况下，他们很难维持健康的心理状态。但凡还有可以和社会安全网连接上的"关系"，他们也不至于独自一人深陷绝望沼泽之中。可蚁居房居民中，有75.5%的人"几乎没有可以联系的家人"。近一年内，完全没有家人或亲戚到访的蚁居村居民比例高达61.1%。

李先生和我透露，他的那些在蚁居村认识的朋友如果有人死亡，他会情绪波动，也会瞬间产生极端的想法。

"我有个一起做志愿者活动的蚁居房朋友，五年前被发现死在了卫生间里。我们一直都一起去参加政府举办的自力更生活动。那天明明已经到了该出门的时间，我却没看到他的人影，去他房间里找也找不到，到厕所才发现他已经死在了里面。

"我这个朋友很可怜的，从小就和父母失散，足足过了二十年的穷日子才找到父母。他联系上了姐姐和妹妹，还和她们见了面。那年春节他打算去给母亲拜年，很是激动。好不容易找到了家人，他却担心家人会嫌弃他住蚁居房，所以那一年他真的很努力地参加自力更生活动，可最终还没来得及和母亲见上一面就走了。他母亲在葬礼上哭得不知道有多伤心。

"虽然这种事情我早已司空见惯，可那位朋友死去之后，我整整一个月都没能缓过神来，一直窝在蚁居房里。大家都说住蚁居房的人都有自身的原因才住在那里，所以就该忍受贫穷。可他们明明都不清楚我们过的是什么样的日子……"

"活着就好像在受刑。"李先生哽咽着说道。

住在蚁居房

"生活在封闭的房间里，思想也会被禁锢。"（爱德华·霍列特·卡尔）

在蚁居房里生活，不仅意味着把身体塞进约1.25坪的狭小空间里，它还意味着居民为了不被赶出去而苦苦坚守，意味着哪怕只想稍作改善也是难上加难，意味着一种西西弗斯式的刑罚。虽然这房间连阳光都没有，可大部分的居民一旦一脚踏入蚁居房就很难再出去。2016—2018年，在蚁居房居住了十五年以上的居民比例呈逐年递增趋势，分别为24.2%、26.4%和28.3%。随着蚁居房居民的年龄越来越大，这一比例也只会越来越高，可见逃离蚁居村有多么不容易。

1

"我都不指望能搬家了，只要不生病就好。本来存折里就没多少钱，再生病的话，那可真是'屋漏偏逢连夜雨'啊。我一直都是挣一天钱过一天日子，去年冬天肩膀疼了好几个月，一直干不了活。好不容易存下来的钱都花光了。"

朴先生是第一个抛出蚁居房"贫困经济"线索给我的人，他的目标是在蚁居房里"坚持下去"。他在昌信洞蚁居村的一个蚁居房里生活了二十多年。

虽然一直都在工作，可他人生中1/3的时间是在1.5坪的蚁居房里度过的。他小时候一直和父亲在家乡京畿道议政府市做农活，但这并不能改善家里的经济状况。他也没条件上学。20多岁的时候在南大门市场的一家中餐厅干送外卖和洗碗的活儿。"紫菜养殖场提供食宿。"1987年，因南大门市场某劳动介绍所的一句话，他就直接跑去了全罗南道莞岛郡。这就是他搬进首尔钟路区昌信洞前的经历。

"在紫菜养殖场工作的时候，日子真的过得很舒服。每个月的薪水是20万—30万韩元，养殖场既提供食宿又给买烟。我在紫菜养殖场做了两年后，又去木浦做了两年的捕鱼工。"

朴先生也曾享受过一段像棉花糖一样甜蜜的新婚生活。他在莞岛的时候，在岳母的介绍之下结识了比自己小19岁的妻子。当时，她带着年幼的儿子嫁给了朴先生。如今，虽然他们离婚已经有十年了，可朴先生依然深情地称呼前妻为"孩子妈"，以及那个没有一丝血缘关系的男孩为"孩子"，甚至还珍藏着他的照片。1999年5月31日是他们的结婚纪念日，朴先生到现在都记得清清楚楚。他于2009年离婚，婚姻生活维持了不到十年。那一年，孩子刚好10岁。

在蚁居村居民无微不至的帮衬之下，他们也算过了一段完整的新婚生活。虽然房间只有1.5坪，可那时正是过夫妻生活的时候，所以挤一点也觉得没什么大不了的。朴先生一直忙于生计，都没想过要办婚礼。前妻嘴上说着"不办也没关系"，朴先生就真的以为没关系，后来之所以会明白前妻心中其实觉得很委屈，是因为听到前妻跑去蚁居房咨询所诉苦"连个仪式都没办"。直到2005年，两人才在各路朋友的帮助下补办了婚礼。

"龙山有个教会帮了我们很多忙。我们还拿到了三星集团赠送的洗衣机，可蚁居房里哪有地方放啊。我把那个白到发光的洗衣机放到了公共空间和其他居民一起用，后来洗衣机出了故障就被丢掉了。我们还去了雪岳山度蜜月，玩了三天两夜。那真是我人生中最幸福的时刻啊。"

四年后，也就是2009年的盛夏，他工作完回到家，发现妻子已经打包好了行李在等他。听见比自己小19岁的妻子说"我们离婚吧"，他虽然心如刀绞，但不能不放她走。虽然没有血缘关系，但从婴儿时期就被他抱在怀里的那个孩子刚好10岁。社区内的人一直都说朴先生是"成天把儿子挂在嘴边的傻瓜"，所以这对他来说真的是晴天霹雳。

他一度无助到整整三个月都没有出过蚁居房的门，一直是窝在房间里的状态，都没有站起来过。那个时候，他仿佛根本不存在于这个世界上一样。让他重新振作起来的是那些在贫穷中仍然互相扶持的蚁居房邻居们。

"孩子刚离开的时候，连梦里都是他的影子。我抓心挠肝地想了他整整三年，后来还故意扔了他的照片，因为越看照片就越是睹物思人。邻居们都觉得我不能再这样下去了，纷纷来探望我，让我打起精神振作起来。"

虽然和10岁的儿子分开后就再也没联系过，但儿子就住在这附近，偶尔还能听到一些关于他的消息。

"听说他在高尺洞棒球场旁边的大学念书。不久前，我和他在社区门口碰到了。孩子妈也一直住在这个蚁居村。穷成我们这样的人哪有机会从蚁居村出去呢。看见他们，我心里会很不好受，但依然会听到他们的近况，也会和他们碰面。日子就这么凑合过着。"

2[15]

"我曾因'幻肢痛'（指患者感到被截断的肢体仍在且伴有疼痛感）而被抬到过急诊室。做这种项目是没有医保的，所以每次去都要花一大笔钱。再加上我个人的债务和月租，想要存钱是难上加难。可我还是咬牙存了六年的钱。"

李明柱（57岁）因糖尿病并发症截掉了双腿，今年已经是他在蚁居房生活的第十二个年头了。旅店式蚁居房五年，半地下蚁居房六年，最近他才好不容易搬到了一楼的蚁居房。十二年来他从未偷过懒，每个月都按时还上16.8万韩元的债务，每个月都费九牛二虎之力攒下5万韩元，六年下来足足攒了360万韩元。

蚁居村这种阴暗的环境，即使是正常人，一不小心也会深陷抑郁。李先生之所以能一直坚定意志、梦想东山再起，都是因为"卫生间"。无论是蚁居房里还是建筑楼里，都没有卫生间。蚁居房前方的新梦儿童公园里有个简易卫生间，在那里可以排便。每次有生理需求时，他都要费劲地撑起身子爬上楼梯，从半地下室里出来。可到了下雨天，他只能忍住令人无所适从的尿意。所以说，蚁居村真的是毫无人权的死角地带。

为了无论刮风下雨都可以方便地解决生理需求，李先生花了六年的时间攒够保证金，在蚁居房生活十二年后终于结束了在半地下室的生活，搬到了月租28万韩元的一楼，实现了"居住升级"。现在他把轮椅放到了一楼，想去卫生间的时候可以说走就走，这让他感到心满意足。

这样的他，是从一开始就如此贫穷吗？李先生的人生轨迹中有我们熟悉的伤痕，即IMF时期引发的外汇危机。

"我原来是做重型装备租赁生意的，1997年破产之后，就离开家人开始了街头生活。我也数次尝试过自杀，重新振作起来之后就搬进了考试院，开始做日结的零工。有一段时间我没办法干活，所以欠了好多房租。之后我辗转了好多地方，从考试院到汗蒸房再到漫画店，情况是越来越糟糕。十二年前因为低廉的房租，我住进了旅店式蚁居房。"

不过，李先生的情况还算是好的。他的残疾显而易见，所以被定为一级残疾。以2018年为准，蚁居房居民中有29.7%的人认为自己"患有身心障碍"，可这些残疾人中有31.7%（约1/3）的人处于"未登记状态"。在这个法律死角地带，处于"未登记状态"的残疾人是拿不到残疾补贴等基本福利的。

2015年，首尔市龙山区东子洞9-20号的蚁居村，许多居民因房东强制退房而被赶出家门，后在首尔市政府积极介入之下改为"低价蚁居房"运营。图中为108号居民金秉泰（80岁）坐在房间里的场景。

"每天都会有相关工作人员来协助我活动、帮我做小菜,可那些未登记的却连人类最基本的生活都无法维持。三年前搬来的一位邻居头部受了伤,无法独自行动,没有能力独自生活,也无法对事物做出正确的判断。可他在街头流浪了太久,拿不出在医院治疗的证据,所以不能进行残疾等级认定。我经常会想,我们真的可以对这些生命置之不理吗?"

李先生在蚁居村居民中算是性格较为坚毅的,但提到离家之后就跟自己再无联络的孩子时,他会咬紧嘴唇。

"在孩子还很小的时候,我就和他分开了。虽然我真的很想他,但是也不想让孩子看到自己的父亲是这副德性,只能祈祷他过得好就行了。我余生的目标就是不愧对父亲这个身份。只要有可以帮助到邻居的志愿活动,我都会去做。我觉得这么做是一种对孩子最起码的言传身教。"

令人意想不到的是,去年春天他的病症突然恶化,在隔离病房里治疗了整整半年。再度回到蚁居房后,等待他的却是首尔市都市计划委员会通过《良洞都市整顿再开发地区变更整顿计划》的消息。东子洞居民知道该消息后,回想起之前南大门路5街的蚁居房居民们没能拿到搬迁补贴就离开住所的场景。寒冬腊月里,大家都不知道该何去何从,每天都活在寒冷与不安之中。

3

"白天我一定会出来,晚上一定会把门关得死死的。(邻居们）都知道这里住了个女人，我根本没办法开窗户。到了晚上，房间里就会湿气很重……"

65岁的朴敬子女士，为了防止自己在蚁居村遭受暴力或处于危险境地，每天都过得战战兢兢。[16]她三年前住的楼里有十多个蚁居房，其中只有她一名女性。连上厕所都不方便，更别说洗漱或洗澡了。那些找不到日结零工或者是干脆找不到工作的邻居经常会喝得酩酊大醉，裸着上半身瘫在卫生间和走廊中间等这些只能勉强称为公共空间的地方。

蚁居村的胡同里经常可以看到男性居民，女性居民却相对罕见。露宿者行动联盟活动家李东贤曾表示："蚁居村的环境实在不适合女性居住，相比住进蚁居房，大部分的女性露宿者更倾向去那些向露宿者提供设施的地方过集体生活。"首尔地区的蚁居房女性居民有414人，仅占首尔全体蚁居房居民的13.7%。

"这里只有我一位女性居民，其他人喝了酒之后都直接光着身子来回走动。这栋破楼的公用卫生间是不分男女的。门锁也并不牢固，晚上我都不敢闭眼。夏天的时候，那些男人都光着身子，我就算再热也不敢开门。"

我想起了去年春天去朴善基的蚁居房采访的事。有位女居民搬进了他对面的房间，却完全感觉不到有人在里面生活。天气暖和一点的时候，朴先生和旁边的木匠大叔都会把门打开，可那位女居民还是一直把门关得死死的，生怕有一丝阳光照进来。不久后朴先生就说："刚搬进来的那个女人很快又搬走了。"

"免费供餐所大约有70个男人，只有我一个女人。男人会在我旁边毫不掩饰地起生理反应，我害怕到都不想再去吃饭了……女人独自露宿街头真的很不容易，都没有可以睡觉的地方，所以我只能跑到卫生间去睡。男人们又很危险，所以我只能逃跑。我经常独来独往，如果看见哪个快餐店里有女客人的话，就坐到她后面避免被骚扰。"[17]女性露宿者既是露宿者又是女性，这两种身份都让她们处于弱势状态。她们很难找到一个可以安心睡觉的地方，所以经常徘徊在城市中心。要么白天在地铁里打个盹儿，要么就去澡堂或者修道院通过义务劳动换取睡觉的地

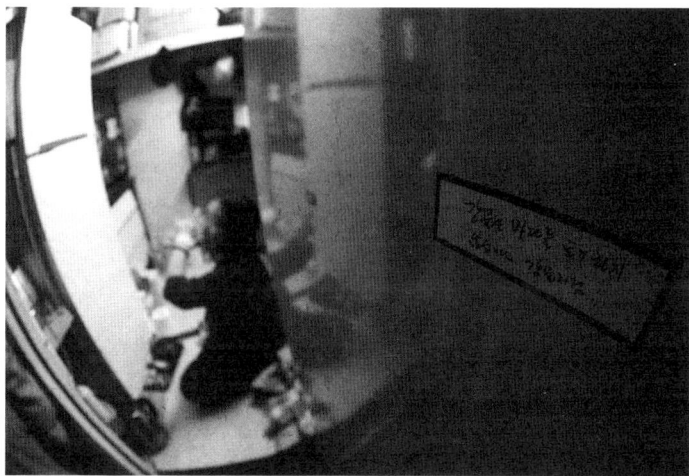

据首尔市的调查，一栋蚁居建筑平均有10.7名居民，大部分只有一个共同使用的卫生间，有17.8%的建筑干脆没有坐便器。但即使有卫生间，女性居民也还是活在醉酒邻居霸占着卫生间的恐惧之中。

方。[18]活动家李东贤曾表示："露宿街头本就不易，女性露宿者住进蚁居房更是罕见。她们大部分都会选择有提供收容设施的地方。"

一生都在辛苦劳作的朴敬子女士，做梦也没想到自己现在会是这个样子。她从9岁开始就在别人家里做保姆，怎么也想不到，从未休息、一直劳作的结果就是成为"勉强避免露宿街头的底层贫民"。她年幼时赚的钱被家里人一分不剩地拿走，婚姻生活也因为受不了婆家的暴力以离婚收场。

"临近拆迁的空考试院那儿有一批露宿者，所以我和他们一起住了好几个月。房间里有一些被丢掉的被褥，吃饭就靠免费供餐解决。在那里认识的人给我介绍了这个蚁居房，我才过来的。我最多也就再活个五年，希望我可以平安无事地度过这五年……"

是谁在用蚁居房赚钱

2019年2月，首尔钟路韩国日报社17楼编辑部。这个时间了，公司里一般只有一些为了应对晚间突发情况而留守的夜间值班者。策划采访组的激光打印机正在马不停蹄地抽取纸张。

一共有587份建筑和土地的产权登记簿。每份资料少则3张，多则8张。如果在上班时间打印这些资料，可能会对编辑部争分夺秒的工作节奏造成影响，所以我选择在这个没人用打印机的时间打。在找出完整的蚁居村结构之前，我暂时不想公开采访进度。2月和3月的深夜时间，我一直都在公司悄悄地整理蚁居建筑实际所有者的信息。虽然预先向上报告就可以拿到支援采访的补贴，但我还是决定先调查出一些眉目再说，便先自掏腰包补上了调查产权登记簿所需的60万韩元。这也证明了我的决心有多么坚定。

夜色降临时，就是我开始调查的时间，桌子上堆满了每天都要翻看的产权登记簿。大家看到这座资料堆成的小山，都会充满"弄这些到底是要干什么"的疑问。其实我心里也不能百分百确定，便只能反复回答他们"我在查一些东西"。想要证明本不存在于这个世界的"数字"其实是维持了数十年的生态系统，并将这一事实昭告天下，不是一般的难。我决定在结构更为清晰、事实浮出水面、连我自己都可以十分信服的时候再向上报告。

我开始逐条输入建筑物地址，建筑物（土地）业主的姓名、住址、出生年月日、取得途径（买卖、赠予等）、取得年份、债权人、注意事项（比如反复出现或是有债务关系时，双方的金钱往来关系），还单独记下了住在江南三区（江南区、瑞草区、松坡区）和釜山海云台等富人区的业主信息。偶尔看到有将法人设定为债权人去贷款的情况，我还会在谷歌上搜索两者之间的关系。

李正顺、朴载益、具成恩、徐钟甲……

我把这些人的名字全都记录下来，虽然这些名字并不能告诉我这些人都长什么样子、从事什么职业、现居住地址、之前是否有和他们擦肩而过等信息。除了未获得许可、处于非登记状态的建筑物，我整理出了243栋建筑物和270个实际所有者（包括共同所有者）的名字。我把这份资料确认了三四次后，才将它整理成了电子表格，像有强迫症一样。我还死死地盯着电脑屏幕，研究这些反复出现的名字，也就是持有多套房产的人。对于住址相同的人或是有债务关系的人，我会怀疑他们是否存在亲属关系。那段时间，我一直深陷于将这些我根本不认识的人的名字放在一起并不断寻找信息的泥淖中。

每当有可疑的人浮出水面，我就会背下产权登记簿上的信息然后跑去现场。蚁居村的居民们自然不会知道房东是谁，我跑到附近的房地产中介所或中间代理人那里打听，把所有碎片信息汇成了完整的拼图。但其实一天下来可以确认的信息，也不过是数百块拼图碎片中的三四块而已。

虽然3月一直都在忙这件事，可结果并不如预想的那般顺利，我也因此屡次受挫，最后又跑去了现场。调查并不能只靠文件，我把搜索出来的和蚁居村相关的人都见了一遍，包括在蚁居村做了数十年志愿活动的警察、东子洞蚁居村自治组织"东子洞互助会"的成员、反贫困运动团体露宿者行动联盟、各个区公所和居民中心的福利咨询公务员、蚁居村附近的房地产中介、还有数不清的蚁居村居民。2019年上半年，我简直就像住在蚁居村一样。后来我才得知，昌信洞蚁居村居民每次看到我露面时都会在背后说："那位小姐好像是谁的情人呢。"挖掘真相并不顺利的时候，我就会向附近的房地产中介打听蚁居村的生态。如果谈到和钱相关的内容，我就会假装自己"对投资蚁居房感兴趣"。虽然这时只要以"富人"的认知系统自居就行，但探索自己根本无法想象的领域，着实是件不容易的事。靠购买蚁居房作为理财手段，是普通人难以想象的事。这些人的理财方式已经病态到对社会有害的程度。如果想打探他们在想什么，蚁居村附近的房地产中介是非常合适的选择。

"这些业主都是在蚁居房收租，然后自己跑到富人区去生活。说实在的，蚁居房并不像标准单间那样设施齐全，却还收那么高的房租，简直是暴利。大部分蚁居房都没有卫生间和厨房，理论上这种房间不应该只收5万韩元吗？可实际是1坪要收25万韩元，这比一般公寓还要贵五六倍。"

"南大门那边有个八旬老人也想做蚁居房生意。除了这个，80多岁的人哪还有一个月可以赚几百万的工作呢？而且这都是现金收租，也没有税。再加上养老金，每个月可是准时有钱进账呢。"

有房地产中介分析，反而是长期经营蚁居房的那些人，不愿意蚁居房被再开发。

"有很多月入400万—500万韩元的房东都不希望这里被再开发。这次不是出了什么合作政策吗，他们也都不参与，参与了就没有收益了。他们反而会囤购房产，把蚁居房的月租当作利息来收。典型的投资客比较喜欢再开发政策，他们的算盘打得可响着呢，看看自己是投资给公寓楼划算，还是投给蚁居房会赚更多。"

住在首尔江南区狎鸥亭洞高级公寓的著名网络讲师成京浩（51岁），让人很难忽略。他的名字既不普通也不特别，可他的债务关系非常引人注目。全国最著名的网课公司居然出现在房屋债权人的名单上，再由此深究的话，人们就会发现一些相关人士。我本人于2009年考入大学，那时正是"网络授课时代"，他们聘请了Megastudy、Etoos等明星讲师，还开设了高考相关的课程。他们非常有名，就连我都在十年前听过他们的课。这些讲师在社会科学领域可以说是全国一流水平。

成京浩是因为所学专业才如此了解投资的信息吗？每当出现"涨势"，他都会去提前做"所有权转让临时登记"。虽然这并不代表房产已经归他所有，却可以阻止其他人购买。不仅如此，他的家人于2004年买入附近的其他蚁居建筑，并把同一家网课公司设定为抵押权人。该地区恰好被称为檀君*开国以来最大的龙山国际事业区。该地区的开发始于2006年，2013年取消。停止开发该项目后，成氏一家便将其售出。

另外还有一个成氏家族，该家族中辈分相同的两名成员分别于2002年和2010年取得了几栋蚁居建筑的所有权。两人的住

---

* 名土俭，朝鲜半岛民间传说中的始祖与山神。

址也同为首尔市江南区论岘洞的某特定建筑，甚至连门牌号也是相同的。这点让我觉得很是可疑，我便再次翻开了论岘洞建筑物的产权登记簿，发现该栋建筑物的所有者是一名63岁的男性，推测其可能是两人的父亲。可江南区建筑物所有者的儿子，为什么双双购入了破烂不堪的敦义洞蚁居建筑呢？

当然，也有不少蚁居建筑的实际所有者，居住在像Tower Palace这样象征着富人区的地方。实际所有者孙明信（33岁）在十多年前，也就是2008年，才22岁就购入了东子洞蚁居村的某栋二层建筑。该建筑预先抵押的金额设定接近4亿韩元。考虑到他当时的年纪，很难说这是一次"普通"的投资。

既然蚁居生意如此赚钱，那自然会有世世代代做蚁居生意的家族。金成勋（现19岁）在2016年，也就是他本人16岁时，和父母一同成了东子洞某蚁居建筑的共同所有者。十几岁就已经成为建筑物所有者这一点固然让人惊叹，但考虑到这栋建筑是由他的祖父母赠予父母，如今又加上了他的名字，这确实是实实在在"三代传承"的家族蚁居生意。

2011年买入一栋永登浦蚁居建筑的朴某，不知是否因为发现这是门赚钱的生意，又于2015年买入了一栋东子洞的蚁居建筑。此外，只要有再开发的项目，或者有再开发的消息，我们都会看到世宗、昌原、釜山、光州等地区的蚁居建筑被买入的消息。如果哪个地区的公寓有利可图，很多人都会不远万里地赶去大手笔地购入建筑。我们的社会已被资本主义渗透到变质的程度，连蚁居房都可以被作为理财手段！可这令人难以想象的低贱的赚钱方式，却从未被公开报道过。

拥有4栋敦义洞蚁居建筑的具弼成（76岁），是蚁居房所有者中拥有房产数量最多的。如果连他的家人也算在内，我推测他们拥有的建筑应有7栋以上。光是以他本人名字购入的蚁居建筑就有4栋，总计33个房间。按照首尔市平均月租22.8188万韩元来算，每月则有753万韩元左右的现金入账。拿敦义洞举例，除去支付给蚁居房代理人的10万—15万韩元抽成，剩下的租金全部归房东所有，这是不成文的规矩。如此一来便可推测具先生每月会有330万—495万韩元的收入，一年则有6000万韩元左右的"隐形收益"。

可敦义洞竟毫无具弼成的影子。每当我向具先生名下建筑居民询问房东是谁的时候，他们总会扯出不相干的人。

"您见过房东吗？"

"当然见过。"

"房东是一个叫具弼成的人吗？"

"不是，房东是女人，叫徐美珍。"

另外一位居民的回答也是如此。

"您是怎么交月租的呢？"

"房东来的时候直接交现金。"

"房东是男性吗？是不是叫具弼成？"

"不是，是女人。"

大部分居民都不知道自己的房东是男是女。可徐美珍女士其实并不是房东，而是代理人。真正的房东实则紧紧地蒙着一层神秘的面纱。具弼成名下的建筑分别有不同的代理人，他们都异口同声地回答："房东住得很远，我会提前替他把房租收好，每个月到了指定日期就把钱汇到他的账户里。"

"没有理由来这个社区"的具弼成就住在敦义洞对面的观水洞。明明只有一条人行横道的距离，为什么他不亲自来收租呢？蚁居村的居民们也没有理由一次都见不到他。直到我找出产权登记簿上的地址后，这些疑惑就迎刃而解了。

具先生登记在产权登记簿上的地址是位于钟路的某家汽车旅馆。他当然不会真的住在那里，也不是那里的实际所有者。我本想追查他，却好像被戏弄了一番。在理应是居住地的地方居然是空荡荡的汽车旅馆，看来我应该放弃追查这位拥有最多蚁居建筑的具弼成先生了。

蚁居村生态系统的轴心——中间代理人

"前辈，真抱歉。您让我打听的事情我一件也没打听到。"

4月的某一天，和我一同前往钟路3街五金街附近敦义洞的实习记者愁眉苦脸地说道。之前，我有拜托过实习记者将采访代理人期间得到的信息与我整理好的敦义洞蚁居房实际所有者的信息进行交叉对比，对于需要注意的房东还让他去打听其名下建筑的状态以及居民们的情况。从他人嘴里打探信息这件事我早已轻车熟路，可这项任务对实习生来说确实会有负担。我从一开始就没期待过他会挖出什么惊天动地的新闻，只希望他可以亲眼去看看我整理在电子表格里的那些蚁居村的现状。在蚁居村里探访了两小时之后，实习生俨然已经失魂落魄："我真没想到首尔市中心还有这样的地方。"

就算没下雨，在勉强只能同时通过一两个人的窄胡同里走上一会儿，脑门也会止不住地冒虚汗。由于没有晾衣服的地方，很多居民只能在两栋楼的窗户之间搭一根竿子晾晒。这就是2019年首尔市中心的风景。

在探访蚁居村的途中，我还碰上了一场激战。一位刚30岁出头的女性和一位中年女性在吵架，两人尖厉的声音充斥着整条胡同。本在房间里的居民们为了看热闹，瞬间聚到了一起。她们吵架的言语已经不能用难听来形容，简直就是未开化的人说的话，已经难听到无法用文字记录下来的程度。我虽然不是蚁居村居民，可还是草率地提出了建议："是不是该报警啊？"居民却漫不经心地回答："这是每日固定节目。"没过多久战争就结束了，胡同再次恢复了平静。胡同里的油漆工也拿起刷子重新开始了作业，仿佛刚才无事发生。社区的统长朴占子（65岁）表示，该社区被定为"新村"美化事业的对象，这里所有建筑楼的墙壁颜色都要统一。

敦义洞蚁居村位于皮卡迪利剧场和乐园商街之间。20世纪50年代朝鲜战争时期，皮卡迪利剧场后方形成了大规模的红灯区，曾有450—500名年轻女性在此工作。红灯区在当时被称为"钟3"。1968年在首尔市政府的大规模管制之下，红灯区聚集地被瓦解。随后，这些用来做性交易的房间变为外县市进城务工劳动者的落脚之处，逐渐形成了如今的蚁居村。[19]探访过昌信洞、东子洞和永登浦蚁居村之后，我动身前往了首尔四大蚁居村中的最后一个：敦义洞蚁居村。第一次探访敦义洞时，我脑海中突然闪过了一个想法：和其他蚁居村相比，敦义洞的环境还算不错。实际上，这里在2015年就列入总统直属区域发展委员会计划的实施范围，地区政府也积极推动完善该地区基础设施建设项目。负责露宿者相关政策的首尔市自立支援科也在研究中指出："在首尔市的蚁居村当中，敦义洞蚁居村是有工作居民人数最多、领取失业金人数最少、居住环境较好的地方。"敦义洞蚁居村最突出的特征之一是"中间代理人的自律性"。其他蚁居村的中间代理人，其家庭条件和蚁居村居民别无二致，都是靠着帮房东收月租、管理房间而免费获得一处栖身之地，或者可以在不交房租的情况下做个小生意。而敦义洞蚁居村的代理人是以转租房东的身份自居的，并对蚁居房生意表现出跃跃欲试的态度。朴占子"管理"的蚁居房足足有100间。

如此一来，"房东"和"实际所有者"的概念在敦义洞蚁居村似乎有着不一样的定义。首先，居民们并没有见过"实际所有者"，通常将"中间代理人"视为"房东"。可奇怪的是，"中间代理人"也会以"房东"的身份自居。和其他蚁居村不同的是，这里的代理人会向实际所有者借用蚁居建筑，然后以"转租"的形式运营。我向同时担任社区管理人的朴女士咨询了关于敦义洞蚁居村的特色生态系统。

"阿姨，您是这里的房东吗？"

"对，我就是蚁居房的房东。"

"哇……虽然是蚁居建筑，可再怎么说这里也是钟路，肯定价格不菲吧。您是实际所有者吗？"（询问是否为实际所有者时，我会刻意表现出自己对理财或房地产投资有极大的兴趣，以此来降低对方的警惕。）

"不是，实际所有者另有其人。我只是在用别人的房子收租，做转租生意。"

"那是不是可以称您为代理人呢？"

"可以这么说。"

他们果然混淆了"房东"和"实际所有者"的概念。但如果把"房东"二字拆开来看，是"房子"的"主人"的意思。那么房子的主人到底是谁呢？是拥有房子的人，还是拥有管理权限的人，又或是以租客身份打理蚁居房的人？唯一可以确定的是，如果"房东"一词代表的意义越接近于后者，就越会强调租客的自主性，社会也越会保障居民的居住权。可惜的是，我们的社会绝不会把租客称为"房东"。

"不过其他人都以为您是房东吧？"

"当然了，实际所有者是谁只有我一个人知道，因为我每个月都会汇月租给房东，也没人知道他的电话号码。我们社区的房东……啊，这么说容易混淆，我还是用'代理人'这个词吧。虽然也有代理人用自己的房子收租，但大部分都是借别人的房子去收租。我们家世世代代都是做这个的。我、姐姐还有妹妹现在经营的都是妈妈留下来的事业。"

按照朴女士所说，该地区的蚁居房都是"无许可"的状态，自然也不需要缴税。一般月租是20万—30万韩元，代理人会汇10万—15万韩元给实际所有者。再去掉电费、煤气费，剩下的才是中间代理人的净收益。钱既然以"隐形现金"而非所得的形式进了代理人的口袋，必然有很大的偷税漏税空间。朴女士还提到，如果代理人的年龄较大，即使每月能够收到数百万韩元，也不过勉强保障基本生活罢了。

朴女士在某种程度上可以说是"富豪代理人"。2018年3月，在敦义洞一带原本管理着最多的蚁居房的人逝世后，朴女士接手了这些蚁居房。

"我原来管理的房间，加上我姐姐管理的房间，一共有9栋蚁居建筑。按照房间数来算的话，差不多有100间房。放房间（朴女士把利用蚁居房来达到钱生钱的行为称作'放房间'）的原理是这样的：这栋楼里有15间房，每层5间，一共3层。整栋房子出租的费用更贵，但如果以单间的形式出租，一般每个月也会收24万韩元。每间房都交10万韩元给实际所有者的话，这栋楼一个月租金就是150万韩元，剩下的就进了我们的腰包。看起来好像可以收很多钱，其实并没有。我们还得交水、电、煤气等各种费用。这里要是都住满了人，我们还能赚点钱，可最近都住不满，很多人开始做一般的房屋租赁生意了。"

如果朴女士管理的这100间房都住满，一个月就是1400万韩元。当然，寒冬腊月的时候煤气费和电费一定会比平时要多，所以加起来应该会有500万韩元以上的支出。朴女士说："去年冬天好像有人用了暖炉之类的东西，有一栋楼的电费足足有78万韩元！冬天光是电费，可能就要支出500万韩以上。"不过这里的空房率不到10%，且夏天的时候没有空调可用，所以怎么算一年都应该会赚到1000万韩元以上。也难怪朴女士会说"这种工作，我这把年纪还是做得来的"。

"如果我可以管理自己所有的房子那该多好。那就不用每间房都交10万韩元给房东了。一共100间房，所有的钱都归我该有多好，一个月可是有2400万韩元呢。不过并没有人真的这么做，这个社区的房东都住在别的地方。"

朴女士说她自己和租客们在一起住久了，还会研究他们都把钱花在哪了。租客们每月会领到75万—80万韩元的基础生活救助金，首先要拿出24万—30万韩元交房租。租客大部分都是中年男性，所以每天会有1万韩元花在烟酒上，一个月就是30万韩元。再加上没有固定工作，也没有可用来打发时间的事情，他们很容易迷失在赛马场、赛车场、赌场等娱乐中心。因此，他们就算有基础生活救助金，钱也还是不够用，日复一日地重复着借钱又还钱、还钱又借钱的无止境的借贷人生。

"这些居民都没什么兴趣爱好，那日子自然过得也没什么意思，所以他们总是和我说自己很孤独。而且又是一群男人，就算再穷也还是会跑到清凉里那带去找女人'暖身'，这笔支出是无论如何都要有的。"

朴女士还十分好奇，这些提供给居民的福利设施是否真的是按照居民的需求去设计的。那些暖心的援助不仅对居民们没什么实质性的帮助，连声感谢也得不到。

"看看这些居民们的行为就知道什么叫'贫困中的富足'了。一到节假日，福利中心或者是区公所就会给他们发大米和年糕。可他们都不吃，等到大米发霉了就直接扔掉。一袋又一袋的大米给他们送上门来，最后又直接拿走扔掉！用税金去救济去帮助他们固然是好事，可我总是会琢磨这么做到底对不对。总之，给他们送的米真的很多，多到溢出来的程度。"

朴女士原本就在敦义洞生活，嫁到地方生活一段时间后又重新回到了首尔，所以这份代理人的工作她总共也就做了不到九年的时间。她说很少见到搬进蚁居村之后，因条件变好又搬出去的情况。虽然这是个凶险到让人绝对不想来第二次的社区，但那些滋事的人要么丢了性命，要么进了监狱，所以这里的环境也变得比以前好了很多。

"有些长寿的老居民，甚至在这里住了十几年，但很少有人可以摆脱这里。最主要的就是因为穷。除非人死了，不然很少有人会自愿离开这儿。搬进这里的人，情况是绝对不会好转的。居民里每个月能攒下10万韩元的人都不到10%。"

新闻报道《比"地屋考"更糟糕的蚁居房》

漫长又带着些许残酷的冬天已经结束，春意突然降临。2019年4月的某天中午，约有四五名蚁居村居民正围在S超市门前，叽叽喳喳地闲聊。超市门口的位置本就充当着社区交流中心的角色，冬天的时候没什么用处，如今到了春天总算是发挥了应有的功能。虽然已是4月，可在室外坐久了还是会觉得冷飕飕的。不过居民们依然选择在超市门前坐着，因为平时在连块窗户都没有的蚁居房里，他们根本无法分清是白天还是黑夜，是冬天还是春天，只会倍感无力。只要天气稍稍暖和一些，居民们就会坐在超市门前的椅子上晒太阳。S超市是这社区里阳光最充足的地方。

居民们正在玩一个轮椅，虽然不知道这轮椅是哪里来的。这其中有朴善基先生。他的穿着没有冬天时那么厚重，整个人红光满面的，和之前咳嗽声不断的那个他判若两人。

进入春天，S超市也变得生机勃勃起来。推拉门的玻璃上贴着白纸，上面用粗粗的笔写着"手工饺子""甜米露"等。超市外面虽然有咖啡自动售卖机，但机器出了故障，想喝咖啡的话可以向超市老板崔美子女士交500韩元，便能喝到她亲手冲的速溶咖啡。

从新婚时期到成为一位有了读小学的孙女的奶奶，这个女人独身在这里做了四十年的生意，绝非一件易事。崔女士外表看起来和蔼可亲，性格却截然相反，不然她怎么可能在如此险恶的蚁居村把子女养大呢。最近她一有空就会照看孙女，日子过得很是悠闲。

崔女士是2018年国一考试院失火事件发生后，我在蚁居村里最先接触的人，同时也是明确告诉我姜氏一家是谁的人。不过毕竟她与姜氏一家已经相识四十余年，且这又涉及她的生计问题，所以肯定不会轻易吐露信息。比起直接询问，我决定用一种婉转的方式来打探消息。

"刚开始做生意的时候，这周围还是妓院。过了大约十年，这些色情场所才开始消失。原本那些卖身小姐用来接客的小房间，如今成了蚁居房。不过我们房东可是这个社区的青少年教导委员长，虽然拥有的房产不少，但绝对不会有那种事。"

20世纪60年代的昌信洞是首尔市首屈一指的红灯区。像蜂巢一样密密麻麻堆在一起的房间，是性工作者的卖淫窝。当时有很多从外县市来到首尔务工的劳动者，他们从"东大门高速客运站"（现为酒店）出来后，会去清溪川和平市场的纺织工厂打工，然后把住处定在蚁居房。还有一种说法是，蚁居房本是配合宵禁时间，提供给外县市商人暂时落脚的旅馆，可随着时间推移渐渐变为低收入群体的月租房。"您在这里住了这么久，肯定没有您不知道的事情。"我刻意迎合崔女士。"我经常为社区做善事，自然就受到了很多表扬。"崔氏得意地回答道。

"孙女们都问我'其他奶奶节假日的时候都会休息，为什么奶奶您不休息呢'。其实我在节假日的时候更忙，这里的人过节都没有可去的地方，我怎么着也得给他们做碗年糕汤啊。这社区里的居民我都认识。而且不只这个社区，旁边社区以及社区房东是谁我也都知道。"

社区的每个角落尽在崔女士的掌握之中，哪栋建筑的房东是谁，哪栋建筑更换了房东，她都了解得一清二楚。她是能够证明我这段时间的设想均为事实的最合适的人选。但因为她和房东的特殊关系，想要直接从她嘴里听到关于蚁居村的真相并不容易。为了得到我想要的答案，我只能曲折地先从社区近况聊到一个女人独自在这做生意该多不容易，表示自己非常能理解她，又听她讲到长大成人的子女，最后才听到蚁居房实际所有者的相关信息。

"以前有消息说这个社区要被再开发，我听到时就瘫在地上了。有很多传闻说要建什么复合型空间，又说这样会遮住东大门这个古迹，等等，这些传闻最后也都消失了。那个时候听说上面社区的某位长官要买下这里，这是李明博当总统时发生的事（实际上，2010年知识经济部部长候选人李在勋，以共同名义买下了昌信洞新城开发预定地块的蚁居村住宅，后因此而落选）。这附近蚁居建筑的房东，大多都持有不止一栋楼。只有我们家没有房产，其他人都有好几栋楼。"

我在言语中夹杂着一些玩笑话，笑得很爽朗地反复和崔女士询问社区的情况。虽然我对周边蚁居建筑的实际所有权早已有明确的判断，但还是装作不知道的样子。

　　"经营了四十年，这栋房子不就是您的吗？"

　　"超市是租来的，我和房东租了四十年，等于是他把房子交给我管理。这样我可以不用交房租直接在这做生意。"

　　接下来的话是重点。

　　拿到首尔市蚁居房近况内部资料（截至2008年9月）后，我彻查了名单上318栋蚁居建筑的产权登记簿，以243栋处于已登记的建筑、270名实际所有者（含法人）为对象进行了调查。调查结果显示，有很多被推测为富人的人，数十年来一直在通过多栋蚁居建筑开展剥削式的租赁行为，或以特定投资目的开展买卖行为。图为《韩国日报》策划采访组的记者们正在将数百张蚁居建筑产权登记簿摊开，一一查看业主信息。

"每栋楼都有代理人，我负责的是朴氏一家的房子。要说朴氏在这里一共有多少栋楼……1、2、3、4……大概有8栋。总之，5栋是蚁居房，有1栋被改建成民宿了。房东本来是个老头，他过世后把房子分给了子女们。"

通过居民们的证言，如今我终于可以证明电子表格里的数据都是事实了。经过四个月的明察暗访，我将埋没于数千张文件的过往时光抛到脑后，像沙里淘金一般挖掘出真相并马不停蹄地开始撰写报道。新闻报道于5月7日刊登于早间新闻的第一版面上。

2019年5月7日新闻报道

蚁居村背后……房地产大户的"贫困经济"

本月4日正午时分，首尔市钟路区东大门地铁站附近俗称昌信洞蚁居村的正中心，一个占地面积为9.9平方米（3坪）的超市门前，蚁居房居民们三三两两地聚集在一起晒太阳。崔美子女士（62岁）和居民们坐在一起聊天。一位大白天就喝醉了的客人想赊账买烧酒，可崔女士表示门都没有。以"还好我们社区里没有坏人"这句话作为开场白的她，透露了这个让深陷贫困深渊的蚁居房居民们得以栖身的地方，其背后则隐藏着的"蚁居房经济"事实。

56栋建筑里密密麻麻地排满了520间蚁居房。在蚁居村经营这家糖烟酒店兼超市足足有四十年的崔女士，其实还有隐藏的副业，她同时也是管理居民入住与搬出、收取月租，以及将居民意见传达给房东的"蚁居房代理人"。她通过帮助住在别处的房东收租和做其他杂事，为自己换取从新婚到为人祖母时都不用担心店面房租、可以一直在蚁居村做生意的资格。

"这个社区里的房东，都同时持有多栋楼。"对蚁居村无所不知的崔女士所说的确为事实。首尔市钟路区钟路46街一带的产权登记簿显示，崔女士所管理的蚁居建筑的所有者是一个由六兄弟姐妹及其配偶组成的大家族，该家族实际所有的建筑有8栋，光是目前仍在出租的5栋蚁居建筑，每月就可从中获得约1437万韩元（一栋蚁居建筑楼平均有12.6个房间，乘以月租22.8188万韩元）的现金收入。该家族的兄弟姐妹于1980年从父亲那里继承了蚁居建筑，1996年在附近盖了一栋下至地下一层、上至地上五层的大楼，以此进行财富扩张。在该社区居住了二十余年的居民表示"在这生活了这么久，只见过房东一次"。数十年来通过经营蚁居房积累财富的房东一家，其真面目竟紧紧地隐藏在神秘面纱之下。

蚁居房是都市贫民们避免露宿街头的最后栖身之所。他们因此可以不用睡在沥青路上，而是在四周有墙壁包围的室内落脚，难道他们理应对此感到满足吗？蚁居房不仅没有卫生间和洗浴设施，也不提供热水和地暖。房间里只能容纳勉强把腿伸直的一名成年人。用"比'地屋考'更糟糕的蚁居房"来形容它绝不为过。

《韩国日报》以2018年首尔市全部蚁居房现状资料为基础，在国内媒体中首次对蚁居建筑的产权登记簿展开全面调查，切实追踪都市贫民最后的栖身之所——蚁居房的实际所有者的真面目。蚁居房的实际所有者向近乎"住房难民"的蚁居房居民提供非人性化的居住空间，以此作为偷税漏税手段，甚至是侵吞月租。这些实际所有者实施的租赁行为已接近于剥削。从事蚁居村"贫困经济"的罪魁祸首们，靠压榨最底层贫民的血汗钱通往财富金字塔的顶端，他们的真面目可谓多姿多彩。

蚁居房房东中，住在首尔市江南区道谷洞Tower Palace等高级住宅区的人不在少数，也有很多财力雄厚之人，如江南房地产大户的亲属和中小企业老板等。著名全职网络讲师为持有蚁居建筑而进行虚假登记，甚至还有将正在读高中的子女登记为共同持有人的情况。本报还了解到，如果有蚁居村再开发的消息传出，釜山、光州、世宗、昌原等地区的房地产大户，会积极买下首尔市内的蚁居房做投资。

"最底层的住房"蚁居房的实际所有者

首尔市内的蚁居房大体分布在敦义洞、昌信洞、东子洞和永登浦洞四个社区。据2018年首尔市政府的调查结果，这四个社区共有3296名居民（截至2017年12月底为3183名）。蚁居建筑主要坐落于首尔市中心的老旧小区，因居民的住处并不固定，蚁居房居住现状会因调查时间而产生细微的差异。

本报以首尔市蚁居房现状内部资料（2018年9月）为依据，对318栋蚁居建筑中已登记的243栋建筑的产权登记簿展开全面调查。调查结果显示，270名实际所有者中（含法人）有188名（69.62%）在蚁居村之外的地方居住。东子洞交流中心（龙山区东子洞蚁居村交流处）金泰浩代表表示："几乎没有房东会和居民们一同住在蚁居房，一般情况下，蚁居房另有代理人，代理人会拿走一部分月租，或以协助管理的方式获取免费居住蚁居房的资格。"他还说："房东们都是明知道这里是蚁居房才买入的，等到再开发时就毫不留情地把住户赶走，这类情况经常发生。"

根据获得房产的途径，蚁居房实际所有者大体可分为"获得继承·赠予者"和"投资者"两类，前者主要是继承了位于地铁站附近等交通要地的蚁居建筑和土地的房二代，后者则是2000年末到2010年初因蚁居房再开发项目而获得利好的外地人。但无论是哪类实际所有者，他们都是为了"能够赚钱"而将房产继承下去，或是以投资的名义买下这些房产却从不认真维护和修缮，只把它当作收取月租的工具，这正是寻租者的无情真面目。

318栋建筑中，共有56栋的实际所有者持有多栋建筑（17.61%）。虽然产权登记簿上并没有标出家庭关系，但通过蚁居房居民们的证词可得知，这些实际所有者的住址相同，并通过继承的方式获得房屋所有权。据推测，属于同一家族的房产所有人持有蚁居建筑的比例，占到蚁居建筑总量的22.01%（70栋）。光是通过书面资料，我们即可确认敦义洞蚁居村的徐某（76岁）名下有4栋蚁居建筑。朴某（62岁）于2011年买入一栋永登浦蚁居建筑后，又于2015年通过竞标的方式购入一栋位于东子洞的蚁居建筑。

只要听到蚁居村再开发的消息，投资大户们就会排队购买。2006年龙山国际业务区开发项目，以31兆韩元的投入资金，成为檀君开国以来规模最大的开发项目（2013年中止），使得如今东子洞蚁居建筑易主15次；2007年昌信、崇仁新城开发项目，则使昌信洞的蚁居建筑易主8次。之后因东子洞一带刮起民宿改建的风潮，再加上城市环境整顿消息的传出，当地的房屋在2010—2018年足足转手19次，最后来到现房东手上。2010年李明博执政时期，当时的知识经济部长候选人李在勋，曾和夫人以共同名义于2006

年买下钟路区昌信洞新城开发预定地块上一栋价值约为7.3亿韩元的蚁居建筑，因此在听证会阶段落选。虽然当事人表示该行为属于"养老投资"，但利用蚁居房贫民无处可去的处境进行个人理财的行为，俨然引起了公愤。

首尔市江南区和外县市的投资大户们也从未停止过购买蚁居建筑的行为。居住地为江南三区（瑞草区、松坡区、江南区）的实际所有者有25名。据确认，号称传统富人区的江南区狎鸥亭现代公寓的居民，或像釜山海云台等新兴富人区的居民，也在购入蚁居建筑。住在Tower Palace的实际所有者，在房价炒得沸沸扬扬的2008年4月，向银行贷款近4亿韩元，买下了一栋占地37平方米的双层蚁居建筑。这位房产所有者当时年仅22岁。江南区的房东们也不甘示弱。当时居住在江南区论岘洞的房东张某（63岁）一家，曾分别于2002年、2010年，以买卖和赠予的方式取得了几栋相邻的敦义洞蚁居建筑。

蚁居房已沦为赚钱的"投机场所"

对于房地产投资者来说，投资再开发地区是与时间的较量。虽不确定何时会放出消息，但他们还是坚信自己构想出的未来蓝图，拿出现金和贷款买入房产。如果该项目触礁，或是因意外而无限延期，他们的资金就会被牢牢套住。"蚁居村投机"却截然不同。投资者虽然投入大量现金来"囤积住宅用地"，可他们拥有蚁居房居民这棵按时交现金的"摇钱树"（Cash Cow：形容能稳定获取财产性收入的商品或事业）。这也是富人区房东对蚁居村虎视眈眈的理由。

除了少数蚁居房有旅馆和考试院的营业牌照，其他大多都没有经营许可证。想要住进这里，租客既不需要房地产合同也不用交保证金，只要拨打写着"有空房"牌子上的电话，和代理人口头签约即可。每栋蚁居建筑每月可带给房东2875168韩元的收益（通过平均租金推算得出）。租金不能刷卡支付，租客也无法获得可用来减免所得税的现金收据，这部分金额是以"隐形现金"的方式源源不断地流入房东的口袋。这意味着，大多数蚁居房房东将经营蚁居房事业当成偷税漏税的窗口。

龙山区公所透露，东子洞蚁居村的蚁居房数量为首尔市之首。在该社区内，除了旅馆和考试院，所有蚁居房均以未登记的状态运营。只要手段高明，蚁居房代理人也可从中发财。一位同时管理着敦义洞9栋建筑、总计约100间未经许可蚁居房的60多岁女性表示："我以二房东的形式（将租来的房子再转租给别人）管理蚁居房，只要没有空房，每个月就能赚1000万韩元。"

随着居住费用越来越高，被逼到住进考试院、蚁居房的"住房难民"也越来越多。蚁居房的投资价值不断提高，甚至出现了把一般房子改成狭小房间以赚取更多财富的趋势。钟路区公所于去年揭发了一批房东，他们试图将地铁4号线东大门站附近的建筑楼非法改建成新型蚁居房。该栋建筑并非位于已有的昌信洞蚁居村内，它是一栋与昌信洞仅有一街之隔的新建筑。

无法活得像个人，因血汗钱都进了房东的口袋

蚁居房平均每坪的租金为18.255万韩元，而首尔市所有的公寓楼平均每坪的租金才3.94万韩元。蚁居房居民们交着足足比公寓楼高出近4倍的每坪租金，却连最起码的居住设施都没有，这就是赤裸裸的现实。蚁居房的面积为1.6—6.6平方米（0.5—2坪），空间极度狭窄，既没有厨房也没有洗浴空间和卫生间。住在昌信洞的李奶奶（80岁）为了洗澡，每周都要坐两次公交车去距离住处20分钟车程的钟路区老人综合福利中心。这位每月都要交20万韩元租金的老人表示："楼里只安装了一个水龙头，还只提供冷水，连洗脸池也没有，想要用热水洗一次手可是相当不容易。去年冬天冷到在房间里说话都会冒白烟，虽然我一直穿着羽绒马甲，可感冒还是迟迟不见好。"

地方自治团体曾以安全问题为由，讨论过是否要采取法律措施，将蚁居房强制取缔。可这样一来，蚁居房居民们就不得不流落街头，地方自治团体也因此一直未能积极实施管制。虽然每到酷暑和严寒时期，蚁居房都会被政治人士灵活利用，作为"贫困的舞台"纷纷亮相，但是在未许可状态下持续了四十年以上的蚁居房事业，其内部的根本结构却无人问津。钟路区公所表示："因担心会发生大型火灾，从十年前开始区公所就出钱给蚁居房安装了电闸（漏电断路器）和火灾警报器，还对房屋进行了修缮。偶尔会有房东觉得过意不去，认为明明是自己的义务，结果却由区公所代劳了。"

更大的问题在于，政府将国民税金用于救济贫困阶层，这些福利却最终都流入了房东的口袋。首尔市政府的《2018年首尔市蚁居房密集区建筑物情况及居住情况调查结果报告》显示，领取基本生活救济金者和低收入阶层等这些领取政府补贴的人，占蚁居房居民的67.1%（2144名受访者中的1440名）。以首尔为准，一人户家庭的救济金为23.3万韩元，政府按照该标准向贫困阶层发放的补贴，结果却全部流入蚁居房实际所有者的口袋里。

因法律的各种漏洞，蚁居房居民们的一生都在承受着大大小小的剥削。在永登浦蚁居村居住了七年的朴某（42岁）称："我亲眼见到，患有二级肢体残疾的某个居民（53岁），近两年来每个月都要被房东拿走100万韩元。每到发放救济金的日子，房东就会跟着他一起去银行，以价格高到离谱的餐费和管理费为由，把钱都拿走。这种事情经常发生，全靠我们这些邻居之间互相救助和安慰，他才能在蚁居村活下去。"居民们的安全根本无人关心，房东只在乎房间有没有住满。残疾人居民为了不被剥削而逃到了其他蚁居房，可最终还是被房东抓了回来。这种情况比比皆是。

首尔市政府虽然并非无所作为，但也被指责在改善环境、转租住宅和维修设施等相关政策上发挥的作用十分有限。首尔市从2016年开始，向房东承租现有的蚁居建筑，并对其进行内部修缮后，以相当于市价七成的低廉价格再租给居民，开展"低价蚁居房租赁支援事业计划"（由政府经营的低价蚁居房）。首尔市以更换新壁纸和地板，以及电器、消防设施和取暖设备为条件，要求五年内不得涨租。这种做法虽有一定效果，可这资金来源于人民的税金和部分企业的爱心捐款，实则提高了房东名下房产的价值。因此也有人批评，该计划结束后，所有的好处都会归房东所有。

2015年，东子洞9-20号的房东以改建民宿为由，强制居民迁出。许多人都在一瞬间失去了他们的栖身之所。这些蚁居房现在便是市政府运营的低价蚁居房。这是法院接受居民的"停止施工假处分"申请，以及首尔市积极介入的结果。官方宣称会将传统卫生间换成坐便器形式，会将木门换成铁门，可大部分居民表示"只有门和壁纸更换了，其他的都没有变化"。可见，他们依然深陷可能流离失所的恐慌之中。东子洞交流中心活动家朴胜冈表示："明年就是低价蚁居房计划的第五年，居民们有可能要另找住处。最近又传出这一带要被开发的消息，居民们因此都极为不安。我认为，政府以官方名义将蚁居房买入，再提供给居民居住才是解决问题的根本之策。"

（李惠美记者，资料整理：赵玺延实习记者）

《比"地屋考"更糟糕的蚁居房》后续

发送到蚁居村的报道

"你这比狐狸还狡猾的女人！居然套我们的话，还写成了新闻？你这种人才是真的狐狸精！"

5月7日下午第一篇报道登出后，我接到了朴善基先生打来的电话。电话刚一接通，那端就传来了崔女士刺耳的声音。虽然已经在意料之中，可崔氏的话比我想象中的还要粗鲁和尖锐。我从未听过如此难听的话。"中间代理人"在我的报道里以恶人的身份登场（因为"中间代理人"至少也是帮凶），但我个人对崔女士其实并没有恶意。应该说，我相信她那句"我对蚁居村里的居民都很上心的，过节的时候还会给他们做饭"是真心的。

"你懂什么呀！听风就是雨，就把套出来的话写成报道？亏这个社区的人那么相信你！你个狐狸精！"

她的脏话整整持续了五分钟，我始终没有回嘴。辱骂有可能演变成法律纠纷，我随口说的一句话就有可能让对方抓住把柄。想到这里，我不禁笑出了声："看来我现在真的是名副其实的记者了。"崔女士气得咬牙切齿。虽然她在电话里没提到，但社区的其他几个代理人之间已经互相传阅过这篇报道，还上报给了房东。我生平第一次听到有人用"狐狸精"一词来形容我，这个词对我来说实在是过于陌生，所以她并没有真的攻击到我。

比起这些，我更担心新闻报道对朴善基先生带来的负面影响。虽然我在报道中使用的是化名，但在昌信洞蚁居村，所有人都知道我和朴先生往来密切。我和朴先生一起出去吃午饭经过胡同时，居民看到后经常会点评一番"朴先生的情人又来了"。为了采访朴先生的生平事迹，我和他一起回蚁居房的时候，隔壁房间的大叔会猛地打开推拉门，用一种阴森森的眼光向我"问好"。我之所以能忍下这些令人感到屈辱的事情，是因为下定了决心要揭发蚁居村内部充满剥削的生态系统。我相信为这个群体写报道是一种保护他们的方法，想到这里心底就会涌出一股莫名的力量。

"有钱是罪吗？条件宽裕的人把房子借给穷人住怎么了？这

些人要是没有蚁居房，早就没命了。你这么义愤填膺是要帮他们交房租吗？"

明明崔女士自己也是租客，却站在房东的角度为房东辩护。我认为，所有人都理应拥有一个"可以活得像个人样"的空间和个人居住权，这远比通过土地或建筑等不动产获利的权利重要。比起通过租赁的方式将利益最大化的权利，我认为这世界应优先保障个人享有幸福生活的权利。以这辈子运气不太好的人为对象经营租赁事业以牟取暴利的这种行为本身，已经是一种"特权"了。

"所以您认为连暖气都不提供的房子，每月还要按时收25万韩元是正确的吗？至少也要提供一个正常的居住环境，不是吗？"

崔女士没有想到我会如此反问她，迟疑了一会儿，磕磕巴巴地回答了一句"别让我在这个社区再看见你"后，挂掉了电话。那之后很长一段时间里，我都未曾踏入东大门地铁站附近的区域，也和曾经像朋友一样往来的朴先生彻底断了联系。

然而，报道带来的反应并不都是负面的。

大家对这篇报道的关注度比想象中要高。我忙着前往各地演讲，还拿到了韩国记者协会"本月记者奖"的"年度资料数据探查报告奖"和"韩国网络新闻奖大奖"等奖项，过着无比忙碌的生活。无论是上台领奖的场合，还是探讨未来新闻业等相关事宜的场合，所有场合都令我感到无比光荣。但让我最难忘的，还是5月29日站在东子洞蚁居村居民面前演讲的那一天。

首尔车站正门的对面，首尔广场大楼外墙上闪烁的LED灯就好像一群人在做体操，而位于这栋大楼后方的东子洞蚁居村里，有1054名[20]居民居住于此。乍看之下，东子洞给人一种很有人情味的感觉，社区成立了一个居民互助团体——东子洞交流中心。每个成员都要交1000韩元的入会费，并将居民自己的钱作为团体资金，借给那些有需求的困难居民。和其他蚁居村相比，东子洞蚁居村居民之间有着更为深厚的情谊，我能够很切身地感受到大家的互助合作。

"金先生说要刻一个图章，问我们能不能借两万块给他。"

"不行，别借给他。金先生拿到钱肯定又会买酒。千万不能借给他。"

如果是一般的银行，恐怕不会拒绝在自己这里有存款的人前来贷款。可东子洞交流中心的资金是居民们用5000韩元、1万韩元等一点点凑出来的，这笔钱一定要花在"居民们迫切需要帮助的地方"。对于这一点，大家都有共识。"来，这里！"一位老爷爷递给活动家一张皱巴巴的纸币，那是他好不容易才攒下来的1万韩元。他的脸上同时透露着害羞和自豪的神情。在一个把人类当作零件、只看其价值和劳动效率的社会，像老爷爷这样的人并没有多少机会可以获得成就感。

既有互助团体的助力，又有媒体关注度的东子洞，便利设施相比其他蚁居村要多一些。东子洞蚁居村的正中央有公用洗衣房。韩国电信公司（Korea Telecom）还为他们建造了"希望分享中心"，里面不仅有洗衣房和浴室等设施，还有帮助居民们自力更生的公共作业场。且龙山惨案真相调查委员会、露宿者行动联盟、贫困社会联合机构的活动家们，也都和东子洞的居民们建立了深厚的情谊。

"记者老师，我们想让居民们也看看这篇报道，请问有没有什么办法可以拿到4000份报纸呢？"

《比"地屋考"更糟糕的蚁居房》这一报道刊登后，露宿者行动联盟活动家李东贤联系了我。最近报纸的价格大约是1000韩元一份，4000份的话就是400万韩元。这种以反贫困行动为主题活动的团体，即使拿出这笔钱，我也不能说收就收，而且要找到这么多份已经发行过的报纸并不容易。

"不如不要买报纸，直接购买报道的PDF文档，然后自行打印，这样比较合适。"

活动家李东贤深思熟虑之后接受了我的建议，表示会去购买PDF文档。那时候我还认为，他最多也就是复印报道发给居民，或把报道贴到东子洞交流中心的公告栏上。可我怎么也没有想到，他还亲自编排了名为《蚁居村新闻集锦》的报道，并将这篇报道派送到首尔所有蚁居村居民的手中，报道甚至对他们而言具有重大意义。活动家们从5月中旬开始，将这篇报道挨家挨户地送到首尔四大蚁居村居民的手中。居民们看到了上面附着的演讲时间和地点，便在指定时间聚集到了活动地点。

于是，5月29日，我站到了东子洞希望分享中心的讲台上。我这个"菜鸟"记者，就这么站在40多名"蚁居房专家"的面前。为什么蚁居房的平均月租比那些高档公寓楼还要贵？如此恶劣的居住环境是否会因再开发政策而消失？对这些问题既好奇又担忧的居民们牺牲了晚饭时间，自发来接受"居住权教育"。现场还有从其他蚁居村远道而来的居民，大家手里都攥着一份《蚁居村新闻集锦》。

"记者老师，居民们很少听演讲，对这种形式不太习惯。您应该尽可能地多安排一些休息时间。"

本来我就紧张到不行，相关工作人员又进来嘱咐了我一番。之前我做演讲的对象有实习记者、地区记者，或者是参加媒体学术会议的各领域从业者。给这些肚子里满是墨水的人做演讲反而是件易事，可面对经历过千难万险、文化水平不高却是"蚁居房专家"的这群人，我一个年轻记者实在是不知道该如何找到突破点。破旧的投影仪投出的影像十分模糊，分辨率低到让人难以看清上面的字。我唯一能够依靠的，只有花费了五个月时间来准备这篇报道的诚心。这场演讲计划持续两小时，我握着麦克风，艰难地说出了自己的名字。

"大家好，我是《韩国日报》的记者李惠美。"

我已经紧张到了极点，不仅心脏狂跳不止，后背和腋下也都是汗。可就在这时，场下响起了掌声。

我本以为这会是很难熬的两个小时，但实际上和工作人员们描述的相反，居民们从头到尾都牢牢地坐在那里认真听我演讲。大家的注意力非常集中，目光也炯炯有神，时不时还会在报纸上写下笔记。这些足以让我的担忧烟消云散。

　　"首尔市318栋蚁居建筑的实际所有者大多为有钱人，他们生活在别处，雇用代理人进行收租。"当我对《韩国日报》的报道进行说明时，居民们都会随声附和。"蚁居村的人都知道这件事。"他们说道。在我提到实际所有者的具体情况时，居民们纷纷咋舌："他们这是在用钱生钱啊。"到了提问环节时，居民们都争先恐后地举手提问。大部分都是表达对我以及报道的感谢，没出现任何令我为难的问题。有人呼吁大家可以持续关注蚁居房问题，希望和蚁居房有关的事件不要结束于一篇新闻。其间也有人向大家倾诉了一些平时没机会说的伤心事，其中就包括住在昌信洞蚁居村、看到蚁居房新闻后远道而来的安贤洙（61岁）先生。

　　"虽然有保护露宿者的相关措施，可我还是觉得如果一直这么活下去，人生迟早会完蛋。我大约在一年前搬进了钟路区昌信洞蚁居村，看房子的时候都窒息了。我问代理人'这里连浴室都没有，怎么住人啊'，对方却回答我'不愿意住就出去吧'，意思就是有的是人等着搬进来。市政府和区公所会好意帮助居民们增添设施，反倒是房东们，面对租客的要求永远都是耍赖的态度。"

很多人都在抱怨平均月租为22.8188万韩元的这么一个地方，居住环境竟是如此恶劣。更离谱的是，有的房东连房门都不给安装，居民们只能靠防风塑料膜撑过寒冬腊月。有位老人所住楼房的水管冻裂了，室外铁制台阶上都结满了冰。他想联系房东清理这些冰，可根本就联系不上。老人也因此一整个冬天都没能出门。听到如此丧失人性的事情竟在首尔市中心上演，大家都愤慨不已。

"这里的居民大部分都是50岁到70多岁的人。大家都有各自的苦衷，也都身患疾病，都是实在没办法才住在这里。绝不能让房东们再这样剥削我们这些一无所有的人。看到新闻报道后，我真的很高兴。希望记者老师您能再助力一把，让首尔市能够出台一些大快人心的相关政策。"（57岁的尹勇柱）

此时，演讲期间听得最认真的金东信先生（56岁）举起手开始讲话。

"就算房间漏雨，我们也只能埋怨房东，除此之外什么也做不了。卫生间的地砖裂开了，我们也只能尽量小心，根本不敢要求房东修理。不然的话，吃不了兜着走的不止我一个人，邻居们也很有可能受牵连。但今天将成为一个契机，今后我要光明正大地跟房东提要求。I can do it！"

社区居民齐刷刷地为这番话鼓掌、欢呼。

在这场以报道为契机进行的居住权教育演讲之后，我在6月中旬于首尔市政府门前举办的保障居民居住权的文化节上，再次听到了这些人的消息。大约有30名居民手举写有"拯救蚁居房居民"的纸板，要求政府保障居民们因蚁居村再开发而受到侵害的居住权。

居民们三三两两地聚集在一起，集体坐下来占地也不到10坪。警察却用标有"禁止入内"的黄色警戒线将他们包围起来，以此警告他们"不要越线"。

电影《寄生虫》之所以会演变成悲剧，正是底层人士的"越线"所致。可我们社会的这条"线"到底画在何处？又是谁画的这条线呢？为何底层人士要流浪在线外，或是被隔离在名为蚁居村的特定贫民窟里呢？对此，判断的标准又是什么？是"金钱"和人的"用途"吗？又或者是电影里反复提到的穷人身上的味道呢……

这些都是无法立即回答的问题。作为写出《比"地屋考"更糟糕的蚁居房》来揭露"贫困经济"这一议题的记者，这世界的伪善已经让我恶心到了作呕的程度，但我也只能怀着愧疚之心在远处看完了这场集会。我在想，我是不是忽视了对我的新闻并无任何回应的国家，以及对底层群体漠不关心的政治，一篇报道给居民们带去了希望却似乎那么不切实际……想到这里，我真的自责不已。

那天之后大概过了四个月的时间，10月24日，国家相关部门联合发布《保障儿童居住权等居住地强化政策》，"等"字包括了针对蚁居房、考试院等弱势群体的居住政策。该政策向应了我在报道中指出的所有问题，顾名思义就是一个"综合政策"，可不知怎么的，我并没有感到很欣喜。政府是以"保障儿童居住权"的名义，所有人才乖乖闭了嘴。如果公开表示用税金去救济城市贫民，舆论绝不会如此平静。公务员嘴上说着"为了最大程度减少国民们的不满，我们将把儿童的权益放在第一位"，可这话里还是有掩饰不住的虚无。国家就这么带头抹去了贫民的存在。

与朴先生重逢

这期间我一直没有与朴先生联络，心中某个角落一直堆满了对他的负罪感。朴先生会不会因为报道被赶出去？他会不会埋怨我？我实在没有勇气主动联系他。而且听其他电视台的制作人说，因为我的报道，整个社区变得一片狼藉。居民们只要看到拿着相机的人，就会大骂《韩国日报》。哪怕人家只是为了确认事项稍微打听几句，对方也会破口大骂，用词让人难堪到即使用变声器或后期剪辑技术也无法掩盖的程度。在这种情况之下，我很难再去昌信洞找朴先生，且又以忙碌为借口，以"不要再去碰已经结痂的伤口"为由，一直都没和他联系。那时候，我以为自己和朴先生的缘分就到此为止了。

"叮咚！"

还记得我说过冬天要请他喝肉汤的朴先生在秋天主动联系了我，不过准确地说，是发了智能手机游戏的"爱心"给我。

我认为这是一条无声的短信，意思是"风波已经过去，记者小姐可以放心和我联络了"。于是，我厚着脸皮发了一条："您过得还好吗？我的报道肯定给您造成了困扰，所以一直都没主动联系您。"朴先生只是回复我说："我过得很好，记者小姐最近过得好吗？"

"我觉得很抱歉，您写报道本来是件好事，社区的居民们却看不明白这一点。我们去其他地方见一面吧，我有话和您说。"

看到这条短信我忽然想到，如果短信是用手写的，那这封信应该是由一个刚学会写字的文盲老人七扭八歪地写出来的吧。虽然字词间隔和拼写方法有很多错误，但我能从字里行间中感受到朴先生的宽厚善良。

"哪怕只有大叔一个人理解我，我也很感激了。我一直在担心您，也想和您联系来着。"

我鼓起勇气发出了这条信息。五分钟后收到了朴先生的回信。

"我也是一样的。"

我认为有必要和朴先生见一面，亲自和他说清楚整件事的来龙去脉。他是我短暂记者生涯中最棒的采访对象，这么做是对他的一种基本尊重。2019年气温首次降到零下的那一周，我为了请朴先生喝肉汤，选择在南大门市场附近的韩国银行门口见面。我的心情甚是微妙，因为想起了一年前的同一天，我为了写《今年以来气温最低的日子之蚁居村的风景》这篇新闻，前往蚁居村见了朴先生。朴先生坚持点"普通牛骨汤"就行了，在我多次劝说下，最后点了两碗1.8万韩元的"特级牛骨汤"。他客气的推辞让我内心深处感到了一丝温暖。

朴先生说他并不想听记者的辩解。当然，我在报道刊登之前就已经和他作了一番说明。但无论如何，我的报道让他在本就不大的社区内陷入困境是不争的事实。为了缓解自己的愧疚之心，我还特地拜托了反贫困运动团体的活动家们对朴先生多加照顾，因为新闻发布之后我有好长一阵子都无法踏入昌信洞蚁居村。为了应对突发情况，我还拿出了一笔钱。万一朴先生被赶出来了，好歹还能拿这笔钱找个住所。不过幸好，这个社区并没有无情到将在这里住了二十年的朴先生赶走。

"人类根本不去思考事情的本质，因为讨生活就已经够累了。大家只要有泡菜和米饭就已经很满足了。记者小姐为什么会这样写，我个人能理解，但社区居民讨厌那篇报道是难免的。不过这都是过去的事了。居民们第二天就不会再记得这件事，所以你不要太放在心上。"

他反而安慰起我这个记者来。他那句"思考事情的本质"让我开始重新审视一个人的聪敏和洞察力这件事。朴先生并没上过学，所谓明智一词，难道只适用于那些拥有高学历、高社会地位的人吗？我从朴先生的话里感受到了与学历无关的个人潜力，我相信他对世界的认知会越来越宽广。把朴先生这样的人关在1.5坪的蚁居房里足足二十年，是这个社会的错误和损失。2018年11月11日，能够在昌信洞蚁居村遇见朴先生，这也是我一生中为数不多的幸运。

第二部　大学街：新型蚁居村

首尔大学街的单间村，正在以非法改建的模式转变为"新型蚁居村"。外县市的青年们满怀壮志地前来首都，却只能在一个单间里开始人生的首次独立生活。而且原本的一个单间还被拆分成了三四个更小的单间，因为这样房东能赚更多月租，这也是所有房东的"投资公式"。不仅如此，房东们还极力反对大学修建宿舍楼。对于这些如毒蘑菇一般肆意生长的"新型蚁居房"，行政机关也是持默许的态度。大学之所以对修建学生宿舍一事一贯保持消极态度，其实也是由多方面的因素造成的。

　　2019年的韩国社会，贫穷的青年们不仅没有一分资产，反而还在为最基本的生存需求，奋力求得一个能够勉强委身的空间。而且有些人还在利用他们的"贫穷"和"困境"牟取暴利，通过接近剥削的租赁行为进行财富积累。这也就是所谓的"贫困经济"现象。

我的自传之"住房难民"的故事

20多岁时，我曾是"住房难民"

"这学期又要去哪儿住呢……"

大学时期，每到开学前三周的时候，我的心脏就会狂跳不止。这学期又该去哪儿住？要怎么找房子？月租怎么办？是不是应该再多打一份工……一想到这些和生存紧密相连的现实性问题，头都快炸了。我一个20多岁的青年，又不是要扬名立万，只是想完成学业而已，怎么就沦落到了如此悲惨的地步呢？

校内宿舍（一学期60万—70万韩元）→ 下宿*（一个月大约33万韩元）→ 半地下单间七个月（保证金1000万韩元，月租35万韩元）→ LH惠民住宅†（保证金100万韩元，月租9万韩元）→ 贫民区分隔型单间（保证金1000万韩元，月租35万韩元）→ LH大学生全租租赁住宅‡（全租7000万韩元，每月利息11万韩元），以上就是我大学期间全部的住房变迁史。从

---

* 通常情况下房东与住户同住的住处。该住宿形式不需要保证金，月租相对低廉，供餐食，卧室为独立空间，卫生间和厨房为共用。

† 韩国土地住宅工程提供的惠民租赁项目。

‡ 韩国土地住宅工程提供给大学生的低价租赁项目。

2009年入学到2014年毕业，不过五年零六个月的时间，我却像在首尔"留学"一般辗转了多个地方。庆幸的是，我的贫穷货真价实，所以才能申请到各种各样的福利。当然，这并不是天上掉馅饼，而是我在放假期间把LH（韩国土地住宅工程）、SH（首尔住宅城市工程）和学校官网翻了个底朝天的结果。

或许有人会说，20多岁的时候从家中搬出来独立生活是一种"浪漫"，可对我而言，开启独立生活和被扔在荒郊野外没有任何区别。因为从外县市到首尔上大学的我，手里只有辛辛苦苦得来的奖学金和做课外辅导攒下的100万韩元。"家"这个字虽代表让人心安或可以放松休息的空间，可对于如此贫穷的我来说，并非如此。

由于实在没钱，月租超过40万韩元以上的房子我真是想都不敢想。家里最多能帮我交1000万韩元的保证金。当然我也知道，很多青年连1000万韩元的保证金都凑不出来。

居住在月租35万韩元的单间那会儿，为了筹集生活费，我强迫自己同时打四份工，还接了校内兼职，每月收入将近200万韩元，我也因此获得了"课外辅导大王"的称号。做这些兼职并非出于自愿，但攒下来的这笔钱不仅让我在大三的时候去了一趟纽约，还支撑着我度过了加上延迟毕业总共五年的大学生活。当然我也很清楚，一贫如洗的我之所以有机会做高收入的"课外辅导"，之所以可以争取到竞争异常激烈的校内"超赞兼职"，都是因为我就读于聚集了大量富人学生的私立名牌大学。

虽然和我同住了一年的室友从未打扫过卫生，虽然每次洗澡都要拿着手提浴筐去公共澡堂，虽然我放在公用冰箱里的乳酸菌饮品总是不翼而飞，但从"居住稳定度"的角度来说，只用交60万—70万韩元就可以住一整个学期的校内宿舍，无疑是最好的选择。

升入大二以后，无论学生的老家离首尔有多远、家里条件有多么不好，无一例外地都会收到学校发来的退宿通知。我并不想和妈妈开口索要支付高额保证金的钱，所以一整个冬天都在为了房子而奔波。无论如何我都不想屈就于考试院这种环境，所以最后搬进了一间靠近京义线铁路、月租33万韩元的下宿。我选择和一个素未谋面的陌生人一起住两人间，只因为它比一人间便宜一些。

本以为这间下宿虽然在铁路旁边，但起码晚上会很安静。可事实是半个月不到我就从下宿逃了出来，搬进了一个半地下单间，因为即使是凌晨时分，这条铁路上也会雷打不动地每隔20分钟就有一趟火车经过。我只想到白天会有客运列车经过，但没想到半夜还会有货运火车。货运火车常年在夜间行驶，每当火车经过时，这栋陈年旧楼的墙壁和窗户都会像芦苇一样晃动起来。每次听到远处传来的火车声，我的心脏都会砰砰乱跳，仿佛患有精神病一样。而且住在下宿，连从冰箱里拿个鸡蛋都要看房东的脸色。所以连一个月都没住满，我就搬进了保证金1000万韩元、月租35万韩元的半地下单间里。

虽然搬进了单间，蚯蚓和灶马*却常伴我左右。那时候我并不想用公共洗衣机，所以请房东帮我在阳台上放了个人的洗衣机。也许是这一点惹得房东不快吧，不知从什么时候开始，每天阳台上都必定会出现几只蚯蚓。我不知道它们是从下水道里爬上来的，还是从我无从知晓的缝隙里钻进来的。但每天用树枝抓蚯蚓实在是件苦差事，放任不管的话它们又会被阳光晒干，皱巴巴的样子像一条脐带。而且变成干的蚯蚓散发着一股腥臭的酱油味，粘在地砖上的蚯蚓也不再是尸体，而是变成了一道"痕迹"。于是，我每天都得用消毒剂清理阳台。

半地下玄关处挂钥匙的地方动不动就会被灶马占据，所以我经常强迫自己出门散步。可即便如此，我也从未向房东反映过这些事，因为学校附近能以这个价格拿下的单间实在不多。而且搬过多次家的我，对这种事已经见怪不怪了。最重要的是，当时年幼的我并不知道，原来作为租客也是有"权利"的。

2010年夏天，按日期来看已经入秋，可实际上还是像在酷暑之中。那时候天热得我非常想来上一碗冷面，偏偏那天刚交了房租，存折里仅剩300韩元。约莫十年前，交通卡还没有像信用卡那样的透支功能，所以每次都要充值固定的金额。我在

---

* 一种形状如蟋蟀，没有翅膀，喜欢出没在杂物间、墙角、厨房等阴暗角落的昆虫。它是在韩国十分常见的室内昆虫。

麻浦区城山洞做完课外辅导兼职，在公交站盘腿打坐时想到了一个妙招：走回家。我租的单间在西大门区延禧洞北侧的尽头，只要我闭上眼睛咬紧牙关走上一个小时就可以走到家。但天气热得能把人烤化，而且我的体力并不能支撑我去实施这个方案。大概静坐了30分钟后，我向远在故乡工作的妈妈发了一条求助短信。

"妈妈，给我转1万韩元吧。我暂时钱不够了。"

妈妈不多不少地给我转了1万韩元，她绝对想不到我是在什么情况下、以什么样的心情给她发的这条短信。收到钱后，我立刻奔向附近的紫菜包饭天国*解决掉了一碗冷面。如果不吃这碗冷面，我应该会委屈到在马路中央号啕大哭。接着我坐上了公交车。存折里还剩下4000韩元。每次直面贫穷时，我都会想起此情此景。

大学时期也发生过很多和贫穷有关的小故事，多到数不清的程度。对于生活得如此坎坷的我来说，20多岁青年的生活，并非像青春电视剧里描绘的那般清新，也不像成长类小说里那样充满雄心壮志。虽然用贫困程度来比较谁更不幸并没有什么意义，但当时的我和蚁居村老人或露宿者的不同之处在于，我只要马不停蹄地打各种零工就能马上赚到月租。我的学历、年龄、性格等个人特质都是市场所需要的，所以再怎么辛苦我也

---

* 韩国平价家常饭店。

要完成学业，可即便如此，每到交月租时，"可能会被退租的恐惧"还是会席卷而来。这是我长期被居住不稳定的焦虑所困扰的必然结果。

以记者的身份在体制内安定下来后，我最先实现的目标就是拥有一套属于自己的安稳的公寓。我虽然再也不必担心被逼到悬崖边无路可退，可依然害怕面对自己的贫穷，并极力去回避这件事。在这个以贫穷为耻的社会，战胜贫穷的经历不仅无法成为"白手起家的神话"，反而会被描绘成一个为人心狠手辣、拼命违抗体制、费尽九牛二虎之力又挤进体制内的故事。

距离2019年结束还剩不到一个月的现在，我打算对自己的贫穷更坦诚一些。我的心态之所以会转变，主要是因为2018年12月至2019年11月连载的"居住三部曲"给我带来了很大的影响。探讨儿童居住问题的《被困在单间里的孩子们》，探讨蚁居村"贫困经济"和弱势群体的《比"地屋考"更糟糕的蚁居房》，以及讨论青年居住问题的《大学街：新型蚁居村》，我在策划这三部曲的同时，也感到自己在某种程度上得到了解放。以前我一直以贫穷为耻，也极力隐藏这一点，但现在我觉得是时候公开谈论这件事了。不对，应该是为了让更多人受益，我决定开始坦然面对贫穷。

我会继续撰写报道，希望有一天贫穷不再是被羞于谈起的话题。最新款的智能手机和电子产品、照片墙（Instagram）上极尽美化过的咖啡馆照片、精致的高级餐厅套餐、休假时前往东南亚或欧洲旅行（以上都是我为了掩盖贫穷曾做过的事），这些行为背后隐藏着我们这代人"不为人知的贫穷"。我希望借这些文章能让我们大胆地谈论贫穷，以及再一次提醒大家：贫穷的原因不在于个体行为的不足，而是整个国家所存在的结构性问题。

逆势飙升的青年居住贫困率

俄罗斯文豪列夫·托尔斯泰在其小说《一个人需要多少土地》中得出一个结论：人类无论再怎么贪婪无度，终归也只会被埋葬在仅有6英尺（约182厘米）的土地里。

"一位青年需要多少坪的空间呢？"

这是位于首尔车站商圈内的青年住宅向社会抛出的问题。2019年9月，"首尔车站商圈青年住宅"招募入住者的公告一经发布，社交网站上立刻展开了关于"5坪争议"的大讨论。针对"只能为大学生和青年提供5坪（16平方米）空间"的公告内容，理想派人士表示："难道青年们只能在鸡笼般的空间里生活吗？"而现实派人士则表示："对于从外县市远赴首尔的青年来说，5坪已经很不错了。"双方你争我辩，僵持不下。

如果这个世界只有文学式的浪漫和充满教诲的人生就好了，但这个直白的问题并非是在隐喻或比喻些什么，而是为解决青年的实际生存问题而抛出的社会讨论。在一个更好的社会里，绝不会有人说出"青年们有一个能躺进去的空间就够了"这种话。青年们是生活在我们身边的真实存在，也是向往美好生活的主体。

我自认为20多岁时的自己称得上是"住房难民"，当看到"5坪"居然成为公众激烈讨论的话题时，心里实在不是滋味。我还记得找不到房子时，曾和两位处境相同的朋友一起在LH惠民住宅里生活过。四处搜寻居住福利早已是我的日常，所以我明白即便只有"5坪"，公共住宅所带来的居住稳定性也是无比珍贵的。

与此同时，也存在批评的声音。政府规定一人户家庭最低居住标准为14平方米（约4.24坪），而提供给青年们的5坪空间只比最低标准大一点点。"无壳蜗牛联盟"委员长崔智熙对此事做了一番评价："以公共的名义为青年们提供仅5坪的空间，这会促使出租人以此为借口，把单间改建得越来越小。"市中心拥有许多社会基础设施以及各种有形无形的资源和机会，却无法容纳穷人入住，以"没钱就该住到郊外去"为由将他们拒之门外。从这一点上说，能让青年们重回车站商圈附近"5坪"公共住宅，也是有意义的。[21]

青年们真的一贫如洗吗？在大街上逛逛就会发现，似乎没有哪代人可以像这代青年一般，享受富裕文明带来的好处，过着如此富足的物质消费生活。他们的照片墙上有各地美食店照片、形形色色的国外旅行经历，都展示着比物质更重要的是个人"喜好"。

当然，这里的"青年"二字并不能囊括所有20多岁的人。除了出身于首尔中产阶级家庭、就读于SKY*的青年，还有出身于重工业城市、最终学历为高中的蓝领劳动者，以及毕业于专科大学、在呼叫中心做兼职客服的年轻人。但因"青年居住贫困"大体上是指生平第一次离开父母而独居的人群所遭遇的境况，所以之后我们讨论的"青年"，指的是满足因学业、就业等因素，从外县市赶赴首尔并展开独立生活等这类人口统计学上定义的特性的群体。

青年们真的非常贫穷，至少从统计结果来看，贫穷的征兆显而易见。而且在社会整体越来越富裕的趋势下，只有青年一代的居住贫困率在逆行而上。2005年韩国整体的居住贫困率为20.3%，2015年则降至12.0%。而青年一代，尤其是首尔圈青年一代的这一数据成了例外。首尔市的单身青年居住贫困率在2005年为34.0%，2015年则上涨至37.2%。[22]究其缘由，外县市的青年们因大学升学、积累阅历或备考公务员等而涌入首尔，可大多数人无法从父母那里得到太多帮助，只能住在像考试院这样的非住宅形式的空间里。就算能够住进单间，很多人也会为了节约开支而选择比"最低居住标准"还差的居住环境，过着廉价的生活。

---

* 指首尔大学、高丽大学、延世大学三大韩国名校。

既贫穷又居无定所的这一代青年没有固定住处，经常要四处奔波。五年零六个月内就搬了六次家的我也是如此。签约住上一年已经算是租期较长久的了，因入伍或语言研修而在合约到期前就卷铺盖走人的情况比比皆是。如果得到了实习或是就业机会，就又要搬到公司附近去。而且因为觉得麻烦或是房东不配合，总之无论是主动还是被动，都很少有人会做"迁址申报"。"体验不佳"的居住环境自然不会得到任何改善，又迎来了下一位入住者。松散的青年居民无法获得政治上的力量，生活自然也不见任何起色。

与之相反，既得利益者们狼狈为奸，树立起坚固的政治高墙。每到大选时，那些需要拉选票的公务员们就跳出来和老一代资本家们紧紧勾结在一起。他们为了保住自身的利益，不惜违背和青年们的约定，不知羞耻地公开煽动利己主义。如今的情况是，青年们的呼声无法传送到体制内的政治圈层，居住于他处、只有住址登记在选区的房东们的声音反而盖过了实际居住者们的哀号。大家可以留心观察一下，每当政府公布关于修建大学宿舍和青年幸福住宅等方面的计划时，该地区的居民都会像蜂群一样联合起来极力反对。

2018年，首尔永登浦区某公寓楼内，贴了张将青年租赁住宅（车站商圈2030青年住宅）贬低为"贫民公寓"的告示。[23]这个主要由公寓居民们组成的"应急对策委员会"，其反对青年租赁住宅的原因如下：一、公寓价格暴跌；二、地基软弱；三、交通混乱；四、影响日照权、眺望权及周边环境；五、社区贫民化，变为犯罪及案件多发地区，损害社区形象；六、儿童青少年问题过多，变为案件多发地区；七、教育权受到影响，变为教育弱势地区等。在住宅还未破土动工、尚不知是哪些青年入住的情况下，居民们就已经轻易地将他们视为"潜在罪犯"和"放荡青年"。

住在单间、考试院、半地下室、屋塔房里的青年们像鸡蛋盒里的鸡蛋一样，被分子化、原子化。他们的呼声，被"应急对策委员会"加了强力喇叭的抗议声紧紧掩盖了。去任意一个大学街、任意一个地区看看，这类情况在反复上演。2013年反对高丽大学修建宿舍事件，2015—2017年反对汉阳大学修建宿舍事件，2016年反对城北区东小门洞修建幸福宿舍事件……

"我最害怕的就是针对小学生的性犯罪事件。作为一位养育女儿的母亲，听到修建幸福宿舍时我最先想到的就是性犯罪。""您觉得在居民区修建具有商业性质的宿舍合理吗？年轻人大量入住后，不仅会使居住环境变得恶劣，还会大大提升性暴力事件的概率。"[24]

上述引用句为反对东小门洞修建幸福宿舍的人提出的观点。至于我们的社会是否真的会采纳这类观点，当代青年们的生活是否要推到"以后"再说，就交给各位来自行判断了。

"区长、市议员、区议员、国会议员等这些通过选举产生的公职人员，与从事非法租赁业务的房东狼狈为奸。他们之中没有任何一个人愿意帮助一无所有的青年。大学宿舍一直无法修建的根本原因在于，建筑许可的批准权掌握在区公所等基层组织的手里。像区长或郡守等基层公务员，有规范非法建筑的权力，但迫于既得利益者施加的政治压力，他们并不能自由行使职权。"（韩国城市研究所所长崔恩英）[25]这样一来，青年们的居住环境越发恶劣。最重要的是，青年们已经因高昂的住房成本而无法维持日常生活。考试院的月租平均每坪为152685韩元。首尔市八个区公寓的月租平均每坪才46437韩元。考试院平均每坪的月租竟足足是公寓的3.29倍。[26]与此同时，每3名青年中就有1人（37.1%）有正经工作或正在求职中，可他们还是处于贫困状态。[27]"年轻就必须得吃苦，就必须要在又小又贵的房子里委屈自己吗？保障国民的居住权是国家的责任和义务。交完500万韩元的保证金和70万韩元的月租（包括管理费），很多时候我连吃饭的钱都不够。每个月的生活费有一半都拿去交了房租，我不知不觉成了'房奴'。"（20多岁的大学生千基主）[28]

房东的欺压、无法为青年发声的政治、在学生住宿问题上未尽到义务的大学、只保护既得利益的老一代房东的法律和政策，这之中没有任何一方给予青年们善意，但对"每10名青年中就有4人（37.2%）面临着居住困难"这一问题不能再坐视不理。为了调查青年居住现状，我再次来到了现场。

大学街正在成为蚁居村

信箱和电表道尽居住实况

"1、2、3、4、5、6……17，这栋楼里居然住了17户人家？"

那是2019年7月的某一天，天气已经热到哪怕是安安静静地站着，汗也会止不住地往下流。我和组里的前辈、实习记者以及守护居住权团体——"无壳蜗牛联盟"的成员一同前往城东区汉阳大学的大学村"沙斤洞"探访。2015—2017年间，这里曾发生过一场激烈的"反对新建宿舍运动"。该地区居民与汉阳大学在校学生之间的矛盾曾一度激烈到不可调和的程度。

那天我们的任务是，记录下这751栋单间建筑楼的信箱、电表与煤气表情况，这些数据可以反映每栋楼里实际住着多少户人家；再将其与申请建筑许可时的登记资料做对比，就能推测出是否存在"非法改建"的问题。这是2018年在做关于儿童居住贫困问题的相关策划时参考的方法论，我们也打算从这个方法入手，揭示青年们的居住实况。虽然做调查的决心无比坚定，可还没等迈出调查的第一步，我就已经被太阳晒得蔫头耷脑，身上湿透的衬衫俨然印出了背包的形状。

不过即使大量脱水，仍无法阻止我们继续调查。越是深入地奔走记录下一个个数据，我对这个社区越发感到奇怪。可能因为我有过"住房难民"的经历，四处奔波看房对我来说也曾是一种乐趣，但在十年前，从没出现过一栋楼有10户以上的情况。那时候主流的居住情况是，从半地下室到地上两层，每层住2户人家，一栋楼共6户。顶层的三楼则住着房东一家。虽然偶尔会看到一层楼住3户人家，但一整栋建筑楼最多也就住10户（半地下室、一层、二层的每层有3户，共9户，再加上三层的房东1户）。

我们走访的这些多户住宅楼都是随处可见的红砖建筑，单看外观并没有什么特别之处。但一看到建筑楼外墙上装着密密麻麻的煤气表时，我能够立刻想象到青年们窝在小到晾衣架都撑不开的四五坪房间里的生活情景：卫生间狭窄到马桶和洗手池已经紧贴在了一起，每次洗澡就相当于给卫生间做大扫除；躺在不知道之前有多少人睡过且嘎吱嘎吱作响的单人床上，靠罐装啤酒来慰劳自己……这不正是五六年前我的样子吗？

这些公寓的每一层楼有一条走廊，以走廊为基准，七八个单间像是监狱一样一字排开。怎么看都觉得这种构造应该是近几年才开始的，而且我们在做事前调查时还注意到了"迷你单间""超迷你单间"等闻所未闻的字眼。

"搞什么啊，单间本身就是迷你房了，怎么还有'迷你单间''超迷你单间'这种奇怪的同义重复啊？"我戏谑地说着，但丝毫没有将这件事当作玩笑。穿梭在巷子里记录每个信箱和

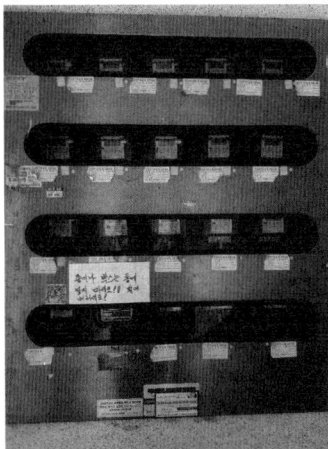

首尔市城东区沙斤洞某单间建筑楼的入口处，装有30个以上的信箱和电表。这栋楼虽于2019年初因"非法改建单间"被举报到区公所，可仍在继续着单间租赁业务。

电表的时候，我切身感受到了"迷你单间"这个词有多名副其实。

　　整理这些数据花了近两个月的时间。那时顶着炎炎烈日，我们奔走在巷子里，一度中暑、精神不振，等到天气渐凉时我们的调查也渐渐做得游刃有余了。

　　其间，公司的人员结构有些变动，这给我们组也带来了不小的冲击。曾在策划阶段一起共事的前辈被调去其他部门后，我一个人忧心忡忡，彷徨了好一阵子。这项本就极为艰难的工作因情况有变而停滞，我甚至曾怀疑这篇报道能否在年内刊登出来。可作为记者，我能做的就只有不停地跑现场、撰写报道，所以我只能摒除时不时涌上心头的杂念，反复去做这些重复的事情。

"不会吧，1、2、3、4……34个？这里居然住了34户人家！"

为了不数错，我小声地边念数字边数电表。面对这惊人的数字，我不由得发出了一声叹息。这个面积怎么看都看不出每层能住7户人家啊！

这栋上至五层、下至地下一层，楼内有咖啡厅的建筑位于沙斤洞蚁居村的中心地带，建筑入口处有34个信箱，外墙上挂有34个煤气表，楼内的房间号也与这个数字对应一致。令人意外的是，这栋至少居住着34户的公寓，其登记资料上显示：这是只有"一户人家"居住的独栋住宅及近邻生活设施。资料上登记的位于二到四层的读书室杳无踪迹，能看到的只有一个个单间。修建住宅时需要确保每户都有法定的停车空间，但房东应该很舍不得把如此珍贵的土地拿来建停车场，便想了一个妙招：用近邻生活设施的名头去登记，而实际上把它们都建成单间。这栋楼虽于2019年1月因违反建筑法而被举报，却依然光明正大地继续着单间租赁业务。

某栋获得9户住宅许可的建筑楼，其停车场的四面竟被精打细算地改建成了一居室用来收租。而且这栋楼的信箱好像丝毫无人打理，里面塞满了无人认领的传单小报。从分类垃圾筒上的中文字眼可以看出，这里也有不少来自中国的住户。我们也

我们将位于首尔城东区沙斤洞一带大学村751栋建筑楼的数千张资料摊开，逐个分析哪些是非法建筑。

可从窗缝中听到某住户开着扬声器用中文跟别人通电话。

这栋公寓的信箱也没有"说谎"。入口处就能看到30个排得满满的信箱，上头与之配套的电表自然也有30个。房东将书面资料上登记为9户人家的楼改建成了现在能住进30户的公寓，可谓赚得盆满钵满。假设每户人家的月租为40万韩元，那么每月房租收入将从360万韩元涨到1200万韩元。再加上大学生们不怎么做迁址申告，也就没有年末清算这一说，自然也就不会有税务扣除等事项。如果房东会对每月进账的现金收益按部就班地进行如实申报，他应该也做不出非法改建房屋这种事情。

在我们调查的79栋楼中，有82.3%（65栋）的建筑楼里住了10户以上（信箱或电表超过10个就算），其中已被举报的违法建筑就有28栋（35.4%）。也就是说，10栋之中有8栋都是"新型蚁居房"。而这65栋楼的房东平均年龄为60.5周岁，也就是在1958年前后出生。看来，陷入困境的不仅仅是被逼住进"地屋考"的青年们，还有那些交着高昂租金却也只能住在只有外观上看着正常的公寓单间里的青年，这就是处于"居住贫困"边缘的青年群体的居住现状。

您的单间是"新型蚁居房"吗？

大学街的"新型蚁居房"

1. 对老旧的多户住宅进行翻修，在理应居住一户的房间中隔出两三个原本没有的房间，并为其编排房间号，从而形成的单间。

2. 新建的公寓在依法取得建筑许可后，被重新改建、隔出更多的房间，从而形成的单间。

房东将多户住宅的专用面积进行分割，拆分出更多的单间用来收租，这是无可争辩的违法行为，因为此举涉嫌擅自变动房屋建筑主体和承重结构。然而，学生们很难意识到这一点。

作为租客，他们很难去实际测量房间的面积，只能凭感觉去判断。而且就算是很小的房间，只要墙纸和地板足够干净、家具统一色调、装修上给人一种北欧风的简约感，再加上"新房""新装修""家具齐全"等经过美化的字眼，学生们就更是难以察觉房子背后的本质问题。更重要的是，建筑法和住宅法复杂到连专家都很难全面掌握清楚，更别说人生首次租房的大学生了，他们自然成了最受房东欢迎的"客人"。

其实通过观察走廊，可以看出房子是否被改建过。如果走廊里的瓷砖或墙壁某处突然出现了异样的颜色，说明那里就是为了隔间而被改建过的空间。又或者是，打开101号房门，里面分101-1号房和101-2号房，这样的情况也比比皆是。但如果是对隔间不太有概念的人，只会觉得"这房子构造真够特别的"。还有一种表现是，突然出现了之前并不存在的房间号，所以会有101号房、102号房、103号房、104号房共用一个信箱这种情况发生，说明房东把原本的一间房重新拆成了四个单间。

建筑专家们认为，为了将租金收入最大化，房东们的这种行为已经自私到了极点。[29]"为了缩减墙壁厚度，他们在调整房屋构造时甚至会像考试院一样用玻璃门隔出卫生间，因为墙砖占的空间不够小，而玻璃门能让墙壁更薄一些。"

"20世纪90年代后期，公寓单间的最低面积标准还是23.1平方米（约7坪），可如今这些房东居然把房间面积改成了12平方米（约3.6坪），比一人最低居住标准的14平方米（约4.2坪）

还要小。而且就算是这么狭小的空间，他们也会以洗手池、冰箱、电磁炉等设施齐全为由提高租金。"

青年们的合理诉求被所谓的警世名言淹没，这世界到处都能听见"年轻就得吃苦"这句话。与此同时，生活中的各方面成本也越来越高，难道年轻就该理所应当地接受各种剥削、克服恶劣环境吗？在房东们的贪欲面前，《居住基本法》规定的最低居住标准及其他各种规定都只是摆设罢了。

房地产中介甚至会主动"策划"非法改建方案。如果有人前来咨询大学村附近的购房事宜，他们便会暗示购房者如何利用、如何改建这房子才能实现收益最大化，这是他们的一贯作风。举例来讲，按照法律规定，一般住宅必须要配备一定数量的停车位才行，所以房地产中介会建议房东像考试院那样以"公共厨房"为名义，获得"多户住宅"许可，然后将公共厨房非法改建成单间，以单间的形式出租。此外，借小卖部、读书室等名义获得近邻生活设施许可后，再重新改建单间的情况也不计其数。

沙斤洞的某房地产中介向我们透露，"5坪的房子和6坪的房子在价格上差别不大""从房东的立场来看，与其隔成10个6坪的单间，不如隔成12个5坪的，这样能多收月租"。

不过"新型蚁居房"很难被斩草除根，因为即使被举报了，房东也无动于衷。2019年因被举报而调整房屋结构的建筑比例也不过5.5%。理由很简单，如果非法改建房屋的事情被举报后房东仍不配合纠正，那么最多也就是上缴一笔"强制履行罚金"。收租进账的钱可远比罚金来得多，所以从房东们的角度来看，当然没有理由去改善调整房屋结构。不过好在2019年法律将制裁次数从最多五次修改成了无上限，这才使法律的约束性得到稍许提升。[30]青年居住问题是韩国社会众多问题的缩影，可以说它是一颗不知何时会爆炸的定时炸弹。老一代房东们从青年一代租客那里牟取暴利，这种剥削可能会升级为"世代矛盾"。而且大部分从外县市来到首都的大学生们都是用老家父母的钱去支付房租，这也会加速"资源向首尔集中"的现象。又因"生活在首尔就是一种经历"这句话，青年们被分化成了"首尔本地的中产阶层青年"和"从外县市赴首都挑战人生的青年"。

虽然这个问题涉及很多层面，但究其本质不过是无情都市的真实"剥削"面目罢了：一无所有的人不仅费尽九牛二虎之力也无法往上爬，还被手握资源的人不断压榨着。

"以前他们可没残忍到这种地步，如今社会竟然发展到这般境地。所以青年们才会把'没法活了'这句话挂在嘴边，生育率也才会如此之低。如果这个问题一直得不到解决，未来青年居住贫困率会越来越高，不婚不育的情况将会一直持续下去。"（韩国城市研究所所长崔恩英）

"'无壳蜗牛联盟'每年都以大学生租客为对象进行调查，最近青年们的回答中频繁出现'榨干青年血汗的房东'一词。

我认为青年们的愤怒已经达到了某个临界点，这一现象绝对是和青年们的居住环境问题挂钩的。"（"无壳蜗牛联盟"委员长崔智熙）

都市中的孤岛，沙斤洞的秘密

"我在沙斤洞住了五十年，整个社区的变化都看在眼里。十七年前我刚开始做生意的时候，这里全都是居民住宅来着。那时候学校周围大部分都是下宿，根本不需要单间。

"大概是六年前还是七年前吧，应该是七年前，那时候所有的房东都开始翻修房子，外观不动只调整内部结构。那些房东也正是带头反对新建宿舍的人。您可千万别在新闻里写我或者商铺的名字。这一带可不是什么纯良之地。"（在沙斤洞居住了50年的某居民）

沙斤洞就像"都市中的孤岛"，它的东南面是清溪川和中浪川，西面则是一座沙斤坡。因交通不便，这里很少有外部人口出入，只有汉阳大学的学生和社区居民，宛如一片孤立之地。想要从这里前往地铁2号线龙踏站，必须要越过清溪川。这附近也没有什么工作机会，所以除了汉阳大学的学生，并无其他新进人口。这个原本只有1万多人居住的清净无比的小社区，却因汉阳大学于2015年宣布的新建宿舍计划而变成了战场。

沙斤洞其实一直以来都是汉阳大学的居住支援社区，学校在很大程度上导致了其人口构成和社区氛围的变化。沙斤洞总面积为1.1平方千米，其中有一半被汉阳大学占据。除了公寓和居民住宅，大部分区域都以单间的形式租给了汉阳大学的学生。

统计数据更加证实了该事实。居住在沙斤洞的20多岁青年的比例达到了35.9%[31]，是首尔市青年居住比例（14.9%）的两倍以上。其中，一人户家庭的比例达到了61.9%，远超首尔市的平均数29.4%。当然，考虑到大学生们不怎么做迁址申告这一点，实际的比例可能比这一数据还要高。

在这种情况下，一股"翻修"热潮开始掀起，但也只是带着"新建设施"的假面所进行的非法改建罢了。事情发生于好几年前，无法得知准确的年份，但根据居民们的讲述可判断出"翻修"热潮是在五至七年前开始的。

"我在这一带做生意已经超过十六年了，这里变成蚁居村大概是从五年前开始的。之前这儿全都是居民住宅，来往的客人大部分都是主妇。现在房子全都翻修成了单间，才有了这么多学生。翻修单间楼的人都是为了营利，如果学校修建宿舍，就会有好多单间租不出去。现在也有好多旧式的一居室空着呢，房子比学生都多，所以说那些房东们才会带头反对新建宿舍。"（沙斤洞某理发店老板）

虽然大学编制内的学生逐渐减少，但编制外招收的中国留学生越来越多，这也使得"翻修改建成蚁居房"的势头日益盛行。2009—2015年，汉阳大学招收的中国留学生数量为700名左右，到了2017年已增加到1063名。这也解释了为什么沙斤

2019年9月27日下午，首尔市城东区沙斤洞某房地产中介的办公楼外墙上，贴着该社区单间的出租信息。

洞每栋单间建筑的玄关处都贴着中文告示，以及在胡同里行走时很容易听到中文对话。[32]这个社区已经见不到一家人一起生活的情况了。沙斤洞两口、三口、四口之家的比重分别只占总体的9.8%、7.8%、3.1%，远低于首尔市两口、三口、四口之家的平均比例（24.5%、21.5%、24.3%）。社区里的小卖部被便利店替代，原本汇集了居民住宅的胡同里如今到处挂着"单间"的牌子。

商圈的变化是必然的。社区里的老商户们面对这一变化却无法欣然接受。一位60多岁的男性在沙斤坡外侧的大路上做食品生意，他大声说"希望单间可以消失"。我在沙斤洞见过的居民都不约而同地表示"本来社区就不大，这么一闹就更让人不安了"，并且大家都再三嘱咐我绝对不要暴露他们本人或商铺的名字。

"单间大约是从十五年前开始出现的，不过五六年的时间，这里俨然已成了单间村。本来学校要修建学生宿舍的，可这些坐拥单间的房东不答应啊，所以宿舍一直没能建成。但对于我们做生意的人来说，这里得有居民才行啊，如果都住满了学生，那生意真是没法做了。在这种情况下，处境当然会越来越艰难，因为学生们根本没有钱。这一带很多老商铺都开不下去了，糊口也是越来越不容易。我在这里做生意已经有二十一年了，但现在赚的钱连20世纪90年代初那会儿的1/10都不到。在我看来，这些做单间生意的人根本就不是为了生计，更像是为了扩大营利或投机之类的。"

"这些房子难道不是原先住在这里的老居民们一两套地买下来进行出租的吗？"

"这种情况也有，但还是外部人员过来买房收租的情况更多。那些有钱人过来投资，把房子翻修成单间再出租出去，自己则住在别的地方。就算只有十个单间，每个月少说也能赚500万韩元，多的话能赚800万韩元呢。"

"这个社区的所有单间房东们都反对新建宿舍吗？"

"倒不是所有人都反对，只是有几个房东带头反对而已。他们召集其他人一起游行示威，那些人全都是为了营利而反对，根本不愁生计。把事情闹大的不是那些有三四间房的人，而是那些手头有好几栋房产的人。"

"那些人的租赁业务都是合法的吗？"

"当然是违法的。他们都会在顶楼加建一层，还会把房间拆分成好几个小房间然后出租，这些全都是违法行为。"

为了能让《大学街：新型蚁居村》这篇报道在11月刊登，10月初的时候我每天都会去沙斤洞和往十里一带上班打卡。来去之间从居民口中听到的故事更加有用，比起我四处奔波得来的数据，他们的一句话反而能成为更重要的线索。他们的讲述偶尔会让我去思考为什么我们的生活承受了如此多的苦难，这种负重前行到疲惫不堪的感觉真的让人饱受折磨。

"请问您是记者吗？"杏堂洞某咖啡店的老板问我。这是我每天都会来上班打卡的地方。因担心被人看出我的调查意图，所以我只会在采访的时候去沙斤洞。这家位于沙斤洞和杏堂洞交界处的咖啡店，是我整理采访资料或数据的基地。咖啡店老板偶然间听到了我的通话内容中有"房地产""投机""翻修"等字眼。我刚表明自己记者的身份，他马上表示自己只是偶然间听到并非故意偷听，还告诉我这家店所在的建筑楼也发生过同样的事情，以及这样的事情在大学街比比皆是。

"房东买下这栋楼是在两年前，随后就把二楼、三楼全都翻修成了单间。您看到这家咖啡店旁边的房地产中介所了吧？这些都是中介们帮着策划的。如果有人表示想买栋楼，他们不但提供咨询服务，还会帮忙计算好具体的收益。这些费用日后都会从租客身上挣回来。他们和我说明年保证金要涨到3000万韩元，可我只是卖咖啡的，从哪去筹那么多钱啊……我现在都已经欠了三个月的房租了。"

那一刻我意识到，原来恶人并不只是孤立地存在于某个地方，剥削和不合理的行为到处都是。

他们反对修建宿舍的理由

"我们学校有专门提供给大一新生的宿舍，所以大一的时候我在宿舍住了一年。大二的时候我连申请都没提交，因为不是大一新生的话很难被选中，而且2月份才出结果，等到那时候好房子早就没了。所以我觉得，放弃不切实际的幻想而去赶紧找房子才是正确的选择。"（金某，21岁，汉阳大学大三学生）

宿舍一直处于供不应求的状态。假设大学共有十名学生，那么位于首尔地区的大学宿舍数量仅够接纳一名学生。虽然韩国国内学生数量随着大学编制的收紧政策而减少，但为了赚钱而杀红了眼的校方开始不断扩招外国留学生。因此，大学街周围的居住情况才会呈现"饱和"状态，"新型蚁居房"这种形式才能见缝插针地冒出来。事情演变到这一步，汉阳大学终于在2015年时宣布了新建宿舍计划。

此计划一颁布，那些把住宅翻修成单间的房东们可谓火烧眉毛。那正是他们刚刚改建或是翻修完房子，准备从第一批租客身上收回成本的时候。因此，房东们即刻成立了"反对汉阳大学修建宿舍对策委员会"（以下简称"对委会"），在胡同里的每个进出口都挂上了"强烈反对破坏杏堂洞、沙斤洞、马场洞地区经济的汉阳大学新建宿舍行动"，而以汉阳大学学生会为主力的汉阳大学学生们对此进行了强烈抗议，学生和房东间的矛盾进一步加深。

带头反对新建宿舍的对委会在每一个阶段都召集了人去示威，甚至还向行政机关投诉。参与此事的公务员表示，对委会的人在会议中不仅对公务员破口大骂、肆意毁坏物件，还曾向公务员工会举报过他们。对委会委员长则向媒体诉苦这一带的单间出租人全都是六七十岁的地区贫弱居民，大学修建宿舍威胁到了他们的生存权。他们表示出租单间只是为了讨生活，并非是为了金钱方面的贪欲。

既得利益阶层甚至在政治层面火上浇油。在2018年6月13日的地方选举中，竞选该地区的自由韩国党候选人宣称"将阻止威胁到当地居民生计的汉阳大学宿舍新建一事"。该言论引发了不小的争议，所以该候选人在当天就撤回了此番竞选发言。后来汉阳大学决定缩小新建宿舍的规模，最终在2017年第三次送审后得到了首尔市城市计划委员会的批准。然而，这项工程至今尚未破土动工，对委会依然在每个环节都坚持投诉。这场激烈的宿舍之战已经过了四年，如今我为了采访拨通了对委会委员长的电话。

"最近我们也在就道路交通影响评估等问题向区公所提出质疑。我们还聘请了律师，准备走法律程序。和两年前不同的一点在于，现在处理事情的方式不像之前那么激进了，我们在尝试用沟通的方式解决问题。我们希望能够和汉阳大学保持良好的关系，希望通过开发沙厅洞造福所有居民。"（对委会委员长）

可令人意外的是，高声呼喊"誓死反对"的委员长名下一套房都没有。

"加入我们委员会的地区居民足有800多名，这一带的所有房东几乎都签了字。会员都是社区居民，其中名下没有房产的只有我一个人。为了社区里的老人们，身为年轻人的我当然应该出面解决这件事。"

用委员长的话来说，加入对委会的800多名会员全部都是土生土长的社区居民。可这话实在是没有什么可信度。这位委员长明明不做任何单间租赁的生意，却拿出了自己三年的时间和精力出面解决这件事，且不论他再怎么爱乡爱邻，"反对新建宿舍"这件事会不可避免地遭到社会谴责。实际上，"反对新建宿舍"这几个简简单单的字眼根本不足以描述出该社区已经变为战场的事实，学生们甚至被这些单间房东们的贪欲逼到打算搬离该社区。

被夹在这场战争中间的汉阳大学协商负责人和公务员表示，反对团体的闹事行为充其量也就是20多名居民拉开宣传横幅高声大喊而已。"反对团体里的人还是以来此投资的外部人员居多，带头反对新建宿舍的几个人也都是有钱人。"他们的话和居民们的阐述如出一辙。所以最终造成的局面是，几名坐拥资产的人为了自己的利益，不惜牺牲掉"学生们基本生存条件的居住权"。

"当然，这个社区也有那种象征性收点月租养老的爷爷、奶奶。我们这边为了更好地协调，还和他们那边申请了委员会成员名单和数据，但他们并没有给我们。这只是社区里的传闻，据说那些单间租赁生意规模较大的房东们并不会亲自出面抗议，而是在金钱上给予支持。居民座谈会结束之后我接到了一个电话，对方说虽然他自己也在往十里那带做单间租赁生意，可实在不能理解那些反对新建宿舍的人，他认为校方应尽快促成此事。只有这样，沙斤洞的人口流动性才能增强，社区风貌才会焕然一新。总之这件事在过去几年闹得真的很大，可我们只希望它能够安安静静地得到解决。麻烦您在报道里也不要写一些有的没的，等这件事没什么热度的时候，宿舍才能建成。"（汉阳大学某相关工作人员）

潜入"新型蚁居房"采访

沙斤洞的单间建筑楼中，十栋里有八栋都是"新型蚁居房"。数据可以充分说明青年们交着高昂月租却只能窝在这种蚁居房里的事实。但我不能贸然去撰写报道，因为到现在为止我还没见过"新型蚁居房"的租客，也没亲眼确认过房间内部的实际情况。如果我光明正大地去采访，肯定会被赶出来，这和当时采访蚁居村的情况一模一样。

最终在10月份时，我和实习记者上演了一出"亲姐妹"的戏码，开始了我们的探房之旅。我们调查的79栋楼中有65栋都是"新型蚁居房"，如果运气好得以进到这65栋楼内部，那就算是超额完成目标了。

"从现在开始我们就是姐妹关系，我是姐姐。之所以在开学之后才找房，是因为突然有了插班的机会。我们在什么都不知道的情况下就住进了考试院，可实在受不了那里的居住环境，所以决定找个单间。我们的预算并不多，保证金不能超过1000万韩元。话主要由我来说，你在旁边随声附和两句就行。"

这是实习记者人生第一次做隐性采访，看着谎话张口就来的我，她的眼神里露出了肃然起敬之意。但其实这并非因我的记者资历更深，而是拜我20多岁时"住房难民"的经历所赐，才能做出如此详细的假设。而且我的母语是釜山话，对于特意来首都陪自己年幼的妹妹看房的淳朴大姐一角，无疑我是最佳人选。

今日的暗访是为了了解内部情况，让我们的新闻有确凿的支撑点，而不是要把所见所闻都写进报道里。最重要的是，对于现场采访经验极少、内心虚得像棉花糖一样的实习记者来说，我并不想和她强调这个很难被称为"正道"的采访方式。

"您好，我们是来看单间的。"

在沙斤洞入口处一家房地产中介的办公室里，一位原本看着电脑屏幕的60多岁的女性中介听到这话后立刻起身，背上了斜挎包。她手里攥着一个小册子，上面密密麻麻地写着大楼地址、层数、房号和对应的价格，以及房东的联系方式或现居租客的联系方式。

"你们的预算是多少啊？"

看房的程序果然和我们想象的差不多。

"保证金1000万韩元、月租40万韩元这样，要是有保证金500万韩元的房子就更好了。"

"那我们先去看看吧。"

中介带着"釜山两姐妹"走进了沙斤洞的胡同小路。和其他多户住宅密集的社区一样，除了横穿沙斤坡的往返之路——沙斤洞路，未经整顿的狭窄胡同宛如毛细血管，密密麻麻地交织在一起。

"完全新建的房子保证金是2000万韩元，月租65万韩元，管理费要6万韩元，所以加起来是70万韩元多一点。往十里站比这里的交通要便利，所以会更贵一些。这个社区比较安静，离学校也近。"

我们穿过这条无车经过的双行道，到达对面一栋建筑楼的玄关处。这是一栋用深红色墙砖砌成的楼，外观看上去像20世纪80年代常见的典型住宅。走室外楼梯上二楼的话，会看到另一户人家的大门。但这栋楼似乎刚翻修完没多久，院子里不仅水泥袋子堆得到处都是，还有好几块没铺好的地板砖。

中介瞄了一眼手册上记录的玄关门密码，按下了四位数字。狭窄的走廊里竟挤满了四间房。中介仿佛早就预料到了我的反应，一打开门就急忙和我说"房间面积并不是很大"。

见到连包装纸都没拆的洗手池和桌子，以及空调和单人床垫后，更证明了这确实是重新翻修过的房子。但令人更为惊讶的是房间面积。床和洗手池可以说是紧贴在一起的，只要你想的话，完全可以坐在床上用塑料杯朝着洗手池玩投球游戏。房间已经小到根本无法用手机拍摄全景照片。本书第一部里采访真正的蚁居房时也是这种情况，所以不得已用了鱼眼镜头去拍摄房间的内景。这大学街单间房的情况，是不是应该用超广角镜头才能拍出来呢？

"这里的房间都这么小吗？"

"大部分都是这样。你这是第一次看房吧？一般单间的面积是4—5坪，这间房好像没到4坪……按标准建的房子会比这个大一些，不过不是很干净。"

"为什么会出现这种情况呢？"

"最近重新翻修的房子都不会太大，多一间房就多一份租金，所以才把空间弄得很小。"

"这栋楼的房东住了一段时间后把房子翻修了是吗？"

"不是，这房子之前也是租给学生们用的，只是最近翻修了而已。"

"在翻修的过程中把房间面积改小了是吗？就为了能多收一些租金？"

……

也许是我问得太直接了，原本话很多的中介突然闭口不言。

既然都到这里了，我们还顺便看了位于二楼的保证金1000万韩元、月租55万韩元的房子。这间房果然也是非法改建的，月租55万韩元的房子居然连个窗户都没有。我问中介"没窗户要怎么通风"时，对方轻飘飘地回了一句"把走廊里的窗户打开就足够通风换气了"。我之所以问这么多，并不是因为在"挑剔的姐姐"这一角色中过分投入，而是这房子实在不值55万韩元。房东还在顶楼非法扩建了单间，价格也是1000万韩元保证金、55万韩元月租。

对于每间房我都觉得面积太小，中介丝毫看不到签约的苗头，于是又带我去看别的房。这次去的建筑楼正是我们调查出的65栋非法建筑的其中一栋。之前我只在电脑屏幕上见过这种非法建筑楼，如今可以亲眼确认内部情况，真是太幸运了。

"这里是1.5楼，房间号是按一楼算的，101号、102号、103号、104号这样。"

非法建筑的痕迹在走廊里就已十分明显。101号房的墙纸与地板虽然为白色和灰色，但102号、103号、104号入口处的墙纸是橘黄色的，地板则是深红色的。原因在于原来的101号和

102号房分别被拆分成了两个房间，还修建了入口。

"这间房保证金500万韩元、月租45万韩元，加上管理费刚好50万韩元。同等价位的还有其他房间，但是都不进阳光。这间房窗户比较大，所以是很方便通风的。本来能进阳光的房子都要比这再贵个10万韩元，这里算便宜的了。"

原来采光也是要收费的。国家规定的最低居住标准只考虑到了面积等定量的因素，像采光和热水这类事情并没有包含在内。可民间的房东们不会放过利用这些点来赚钱的好机会。

"原来阳光也是要花钱买的，我还是来了首尔以后才知道。"

"这里本来就很便宜，所以才推荐给你们。这么大的窗户很少见的。"

可非法改建的最终结果是，房间窄到连一个晾衣架都放不下。房间内部的家具像俄罗斯方块一般毫无缝隙地挤在一起，如果再摆上一个晾衣架，房间里甚至没办法进人。

"这间房应该不到5坪，差不多是4坪吧。不过小姐，我刚才也和你说过了，如果你想在这一带找干净一点的房子，面积差不多都是这么大的。如果想以这个价格找个大一点的房子，那你只能降低卫生标准。而且说句不好听的，现在的大学生都忙于学习，根本不怎么在家待着，所以房间小点又有什么关系呢。"

中介嘴里的一句无心之言应该就是大部分大学街单间房东们的想法吧。反正这些大学生们一般住不满标准租赁合同上规定的两年就会搬出去，且他们也不太会看房子，所以房东们只要在房子里放上几件廉价的新家具，就足以让这些学生们买账。学生们虽然生活在不尽人意的房间里，却不会对房东提什么要求，而是会自发去咖啡店、网吧、图书馆、酒馆等外部场所消磨时间。这些将家室外化的租客们真是"体贴温顺"。

听到这番毫无掩饰的话后，我们脸上的表情变得有些僵硬。中介为了缓和气氛，便提议我们把预算稍微提高一些。保证金1000万韩元、租金55万韩元的价格虽然比我们一开始的预算要高一些，但管理费是包括水电和网络的，所以整体算下来反而还便宜一些。

"这房子是新修的，还没人住过，所以干净得很。这间房也是只有走廊才有窗户，但通风换气是绝对没问题的。"

因单间的面积太小，所以挂壁式空调有一大部分都是暴露在外面的，其余部分被室内的家具挡住。如果让房东自己住这种房间，他会住吗？这种房间要收55万韩元也就罢了，居然楼里每层都有八个这样的房间。

之后我们又跟着中介看了三间房，没有一间房是严格按照最低居住标准来建造的。这些房子最突出的点在于，明明是"请回答"系列*里下宿的那种独栋住宅，打开公共玄关大门后，里面看到的却是那种紧贴走廊两侧房门一字排开的"新型蚁居

---

* 即韩国 tvN 电视台播出的系列连续剧《请回答 1997》《请回答 1994》《请回答 1988》。

房"景象。单看外观，这些房子很像小时候外公外婆住的那种很有人情味的老房子，可如今这房子居然要收500万韩元保证金和55万韩元月租。

"汉阳大学附近最便宜的社区就是沙斤洞了，虽然确实比其他社区要贵一些，但毕竟汉阳大学宿舍床位太少了。去其他中介那里看的也还是这些房子。你们在社区里转转，想签约的话就回来找我吧。"

首尔，过路客的欲望都市

来自沙斤洞的回答

青年居住贫困率为37.2%，
你的居住环境还算可以吗？

你现居的房子有多少坪呢？
为什么会选择现在这间房呢？
现居所对你来说是舒适的安乐窝，还是暂时停留的某个地方呢？

你好，这里是《韩国日报》策划采访组。

收到此信的人，都是符合我们"特定标准"的新租客。

现在，请和我们分享你的"单间故事"，

我们在邮箱和开放式聊天群里等待你的回答。

如果某天回家后发现信箱里有这样一封信，大家都会是什么反应呢？2019年10月10日，我和实习生将印着上述内容的1000张传单纸，送到了被我们判定为"新型蚁居房"的65栋建筑楼的信箱里。不管怎么说，"新型蚁居房"租客的故事远比那些数据来得重要，所以不和居住在"新型蚁居房"的青年见上一面的话，报道是无法完成的。

收到这封信的人，既有可能是白天在图书馆备考、晚上拖着疲惫身躯回家的汉阳大学在校生，也有可能是下班后提着便利店罐装啤酒、毕业于汉阳大学的职场新人，还有可能是肆意非法拆分房间的建筑楼房东。

一开始我提出"用送信的方式来寻找被采访人"的时候，一同参与本次策划的前辈持有不认可的意见。前辈担心并不会有人回答这封信上的问题，怕我们白白付出力气后得不到任何结果。

但对我来说，"性价比"（性能与价格的匹配度），不对，应该说是"投入产出比"（劳动与成果的匹配度）并不重要。神奇的是，最初做居住主题的策划时，我本打算随便做一做，如今却如此用心，也许是因为居住和贫困是贯穿我整个人生的议题吧。以贫穷为主题的报道，最终呈现出来的文字可能会有些枯燥无味。不过我并不是很在意这些，每个瞬间都全力以赴，就是我作为记者最强有力的武器。

只是可怜实习生跟错了师父，不仅要上演一场姐妹戏码、要送信，甚至还要给所有住户的电表和信箱拍照。现在剩下的只有等待。除了迫切期待可以收到真诚的回复，并没有其他可以做的事情。

也许是我的期盼足够迫切吧，信送出去还未到24小时，10月11日午夜，手机传来了"卡考说说"的声音。有人加入了我们为受访者准备的开放式聊天群。

"请问这是什么情况？"

这是一句半信半疑的开场白。这是第一个回复，说不定也是最后一个回复。在激动到失去理智之前，我应该尽快取得对方的联系方式并邀请其做采访才是。为了表明自己并不是"奇怪的人"，我即刻拍下我的名片发送给对方，还发送了我写过的报道链接，努力进行自我营销。

"您好，感谢您主动联系我。您是第一个回信的人。《韩国日报》目前在做青年居住贫困问题的主题策划，我们接受与非法建筑物有关的举报。"

"我出差回家后发现邮箱里有这封信。"

"看来您已经毕业了。您在现居所已经住了很久了吗？"

"我是在读研究生，现在是研一。不过我住的房子好像不是非法建筑物。"

"您是在沙斤洞××号住吧？根据我们的调查，您住的房子确实是非法建筑楼。您这边方便的话，下周我们能约您见面做个简单采访吗？"

"哇，我真的是完全没有想到。本来是因为感觉会挺有趣，所以我才联系您的。我自己也半信半疑，想着会不会是诈骗什么的。那就下周见吧。"

接到第一个回信后，我激动得甚至无法入眠。到了这一步，报道的确是可以准备出刊了。调查数据已经准备好，社区居民的现场证词也可证明这些资料的真实性，现在就只差"租客的心声"了。就在我为收到一个回信感到庆幸时，又传来了"您有新邮件"的提示音。

李惠美记者[33]：

您好，我今天下班后在信箱里发现了这张传单纸，所以给您发了这封邮件。回信的时候，我在脑海里设想着记者您踏着沙斤洞的墙砖路、挨家挨户发传单的画面。我这封邮件属于想到哪儿就写到哪儿了，所以在您看来可能会有些没头没尾的，这点还请您谅解。

我是在2015年9月搬进了现在住的这个房子，那时候我大三，正在一家公司实习。我在这个房子生活了四年多，这里大约8坪多一点[34]，对我来说还算是一个舒适的安乐窝。因为在首尔这片土地上，这里是唯一一处可以让我安心闭眼休息的地方。对于独居的人来说，这房子倒是没有什么缺点，但如果一直在家里待着，也确实会觉得闷闷的。

2015年8月31日（周一），我在前一周的周五收到了实习录用的通知，让我下周去公司。当时我在营地，甚至不能在当天办完那些行政上的报到手续。我急急忙忙申请休学，也因此不得不马上从宿舍搬出去，幸好当时学校照顾我，允许我在找到房子之前继续住在宿舍。

我当时很努力地在学校附近找物美价廉的房子，必须得是采光、通风、换气三个条件都满足的房子才行。我在大一的时候曾住过考试院和下宿，那时切身体会到了房间里有窗户的重要性。

地铁往十里站6号出口、汉阳大学正门后方、杏堂洞等，这些地方都离往十里站很近，我当时很纠结是否要住在这些地方才好。可这些地方的房子的居住条件都很恶劣，月租也高到离谱。即使是在四年前，这里也有很多房子的价格是1000万韩元保证金、80万韩元月租。比这稍微要好一点的地方则是3000万韩元保证金、55万或50万韩元月租。

为了找房我跑了整整两周，按照父母能支援我的标准去看了房子。四周都看遍了之后，最终好巧不巧地住进了这一带最便宜的沙斤洞。而且这里离我们系的教学楼比较近，等实习结束后回来上学也比较方便，当时也考虑到了这一点。

那是我第一次去申请产权登记簿，而且我是签约之前才知道这栋楼是被预抵押的。这栋楼原本是普通住宅，造好之前房东欠了好多的债。这栋房子原来的房东是在这里做下宿生意来着，后来把房子过户给了儿女，他们就开始对房子进行扩建了。扩建的部分也被判定为非法建筑，房东还被罚了款。

即便如此，好歹它是新建的。房东阿姨心地比较善良，一直都没有涨租，所以我也一直都住在这里。保证金是父母帮我交的。

2015年我刚搬到这里的时候，前后都在新建楼房。那时候一整天都能听到施工的声音。

我觉得这里的位置对于独居的女学生来说会有些不方便。从往十里站到这里，必须要经过夜间人迹罕至的沙斤坡。就算从汉阳大学出发沿墙砖路上来，也要走上好长一段时间。我是男生，所以就无所谓。不知道是不是因为这个原因，这栋楼里男生比例出奇的高。

我家楼下的住户一开始是一个汉阳大学计算机工程系的女生，后来她找到工作就搬走了。我旁边的房间住过偷雨伞的某个中国人，楼下那层还住过"大雁爸爸"*。

---

* 指为供养远在国外读书的孩子和陪读的妻子，独自一人留在韩国赚钱的父亲。

我对面的住户曾经安装过可以看到我家窗户的监视器，为此我强烈抗议过。由于对面的房间挡住了光线，我的房间就像电影《燃烧》里的房间一样，要到下午3点才会有一丝光线透进来。

　　有时候打开窗户会闻到烟味，隔壁房间太吵的话我这边也能听见声音。这里住的大部分都是大学生，大家也会互相谅解，所以这一点倒是还好。这里对于倒垃圾倒是没有什么特别的规定，我们都随便倒。房东阿姨每天都会过来收拾。

　　在这里住久了之后我发现，每次点外卖时给骑手说明路线这件事还是蛮有趣的。如果按照地图上显示的路线，会发现那个门是堵死的。那里右侧有一条摩托车无法通行的路，从那条路上来之后，左侧可以看到一间有红色屋顶和铁制大门的房子。我足足花了两年的时间才整理出这条最简洁的说明。所以来这一带送外卖的骑手，找路花上三四十分钟是很常见的事。

　　我不确定我的情况算不算得上一个完美的青年居住贫困案例，因为无论如何我是有固定收入的。但如果再次让我"在首尔找一间房子"，我应该还是会很茫然。

　　　　　　　　　　　　　　　　全东洙　敬上

对你来说，"家"是怎样的存在呢？

10月16日晚10点，我虽然对沙斤洞已经熟悉到如同土著居民一般，但深夜探访这里还是头一回。胡同里新建的单间楼和老旧的多户住宅夹杂在一起，确实不适合女性独自一人行走，路灯和电线之间还布满了蜘蛛网。为了和给我发了长邮件的全东洙见上一面，我正独自走在闪着暗黄色灯光、人迹罕至的沙斤洞旁的墙砖路上。

他在邮件里描述的全都是事实。这里确实就像他说的一样，"对于独居的女学生来说会有些不方便"，要经过人迹罕至的沙斤坡，还要走上好长一段路。我按照地图上的地址找过去，确实和外卖骑手一样迷茫地站在门前（他提到每次点外卖骑手都找不到路）。

"在这里，这儿！"

刚步入职场没多久的全东洙（27岁），穿着西装来沙斤坡另外一个入口接我，显然也是才下班。他所居住的这栋楼，玄关处安装了最新型的密码锁，打开门后干净整洁的走廊会让人产生"这房子还不错嘛"的想法。可到了二楼，走廊里密密麻麻地贴着几张A4纸，上面分别写着"请体谅一下楼下的住户，不要在深夜使用洗衣机"和"您同女友在深夜的恩爱行为大家都听得见，还请您注意"。

"哈哈，这里的注意事项还是蛮多的。明明是房子建得有问题，到头来却让住户们自行注意。"

我的注意力还停留在告示文那里，这时全东洙不好意思地打开了302号的房门。

玄关处差不多有四开素描纸那么大吧，这房子从进门开始就是个难题。这里狭窄到连站下一个人都很难，还堆着看起来像是周末和女友约会时穿的运动鞋、满满一袋垃圾和洗衣液。便利店售卖的一次性雨伞也夹杂在其中。鞋柜虽然已经放了7双鞋，但都已经装满了。

"这里可用来收纳的空间不多，所以东西不得不都堆在这，连个让您坐的地方都没有。"

虽然全东洙在邮件里提过房子有8坪（约26平方米），但这房子看一眼便知差不多只有4坪（约13.2平方米）。书面资料上写着这里有15平方米，应该是为了让房子看起来符合最低居住标准而耍的花招。

这间简陋的四边形房间里，有床、桌子、衣柜、水池、电磁炉，看似是拥有全套设备的"大学街附家具单间房"，实际上每件家具都没能发挥出它的作用。因收纳空间不足，电磁炉上堆满了乳液、发胶、吹风机等用品。被杂物淹没的厨房显然没办法做饭。当代青年到底是因为"太忙了没时间做饭"还是因为"家无法发挥其应有的功能"，所以才做不了饭只能出去吃？我觉得有必要慎重判断一下这二者的先后关系。

床上方的墙壁有大面积发霉，黑色的霉菌看起来甚是可怕，可在这里住了四年的全东洙似乎并不是很在意。房间里出现霉菌的话，有可能是房子在施工时就有问题所以出现了结露现象，还有可能是因为房间湿气太重。这间房的霉菌应该是两者相结合而产生的。卫生间已经小到勉强只能进去一个人，洗手池和马桶紧紧挨在一起。如果是体格稍微壮一点的人，恐怕只能硬挤进去。为了通风，里面还有一扇小窗户，排气扇显然不可能有。这样的结构产生的连锁效应，使得房间里的霉菌像花一样盛开。

上图为汉阳大学毕业生全东洙现居的首尔市城东区沙斤洞某"非法改建单间"内部。洗衣机、冰箱、电磁炉、书桌和床等家具密密麻麻地堆在这不过四五坪的空间里。因收纳空间不足，吹风机、乳液等杂物只能胡乱地堆在电磁炉上方。卫生间的面积极为狭窄，只够一个成年人勉强坐到马桶上。房间的隔音并不好，所以他只能戴着耳麦来弹奏电子琴，以此缓解心情。

人会因为穷而不培养兴趣爱好吗？本就狭窄的房间里还放了一台电子琴。对于就读电影专业、热爱音乐的全东洙来说，这台电子琴是这个家里唯一能够安慰到他的物品了。当然，在本就狭窄的房间放了一件乐器之后，屋子里已经连一张折叠式桌子都打不开了。全东洙在点外卖或是吃速食的时候，得把桌子上的东西收拾干净以后才能坐下来吃，而且还是面对着长满了黑霉菌的墙面。

"我大学期间曾经去过首尔蚕室的精英公寓做过课外辅导。您听说过吧？就是LLL's、RICENZ、TRIZIUM这三间公寓。在那上完课后再回到沙斤洞单间的情景到现在我都记忆犹新。电影《寄生虫》里不是有这么一段吗？主人公基泽一家人本来在雄伟的富人家里，后来淋着雨不断地下台阶跑回自己家。那种感觉怎么说呢……我上完课从蚕室回沙斤洞的时候，感觉就像是现实版的《寄生虫》。"

单间和蚕室公寓的差距大到确实无法做比较，但我在首尔生活了八年，房间也从1坪到了5坪，足足扩大到原来的五倍。虽然这里是"非法拆分"的单间，但有个简陋的家总比住在属于非住宅的考试院要强。这栋楼的产权登记簿上显示这里是一户人居住的独栋住宅，可实际上房东把这三层楼的建筑改建成了居住16户的一个个单间房，以此来收租。全东洙以保证金4000万韩元、月租15万韩元的价格住在这里，其实全东洙是负担不起这个价格的，所以他向父母借了这笔4000万韩元的巨资。

"其实我知道这里是非法建筑，但还是搬进来了。因为如果想用这个价格住新建房，就只能租这种地方……"

2015年9月，他在签约时从中介那里收到了《中介对象确认说明书》。原本中介必须将可以充分说明房子情况的文件转交给签约者或是新租客，但实际上几乎没有中介会这么做。全氏收到的说明书上面贴着"违建"的贴纸。

"我看到违建内容上写着，屋顶也是违建的，阶梯式居住空间10平方米，一层、二层建筑正面居住空间6平方米，一层、二层建筑背面居住空间10平方米，还有板坯墙等内容。但在2015年的时候，真的很难找到这种条件的新建房……"

对于20多岁的青年来说，居住的房子是否为违法建筑，并不是决定性因素。他们也知道这是违法建筑，但只要自己的保证金可以如数收回，还是愿意承担这种程度的风险的。

"当时我正在实习期，下班后还要去房屋中介那里，真的很累。我看房大概看了两周左右，自己一个人看房的那个过程真的是……所以打算不再纠结，就直接签了这一家。为了能如数拿回保证金，我还火速去做了迁址申告。如果是没有门牌号的房子，也有可能没办法做迁址申告。"

2011年2—8月，刚来首尔的那六个月里，全东洙是在考试院里度过的。从地铁往十里站8号口出来后，朝舞鹤女子高中的方向有一家"H单间公寓"，他都不知道那家考试院就被中介牵了过去，那里也成了他的第一个家。

"在外县市生活的父亲根本看不出这到底是房子还是什么东西，他是那种连去商场买衣服都不愿意的人，所以根本不知道需要去考虑多交点保证金或者是计较一下居住环境什么的。

"他看过房间以后觉得'刚开始住在这种地方也没什么的'。而且大一结束后我就要去部队服役，也不太方便交高额的保证金，所以就在考试院住了六个月。"

虽然这位父亲平时很木讷，但某天听到住在考试院的儿子身体非常不舒服的消息之后，他连夜开车从釜山赶到了首尔。全东洙说他一辈子都忘不掉父亲赶来时的样子。考试院的厨房虽勉强称得上是公共空间，但并不足以做一顿像样的饭。终日用泡面来解决三餐的全东洙最终得了肠胃炎。晚上10点，收到儿子发来的"我好难受"的信息后，这位父亲直接连夜开车赶来首尔，在高速公路上只做了一次20分钟的小憩。就这样赶到首尔的父亲，把儿子送到医院后又回了釜山。

"其实我刚开始住进来的时候还蛮开心的，之前我辗转住过考试院、下宿、宿舍等多个地方。住宿舍的时候，我打呼噜的声音太大，很影响和我同住的人，所以我每学期都会换室友。

而且住宿舍的时候，如果要洗澡，需要走个5—10米，但在这我马上就可以洗澡。之前的居住环境都有各种各样的限制，现在可以过自在的独居生活，也可以算是'居住环境升级'了吧。"

考试院、下宿、宿舍……对于经历过多种住宅形态的他来说，最重要的事情就是"窗户"，所以看房时也都在挑有窗的房子。但哪怕是在四年前，他想要的那种房子全租也要8000万韩元。所以妥协之下，全东洙选择了现在这间房，不过即使是这间他千挑万选的有阳光的房子，也要等到下午3点以后才会有一丝微弱的光线透进来。

"为有窗户而高兴也只是暂时的……记者您可以看下这边，对面有个监视器，仔细看的话，会发现有个挡板对吧？某天我看向窗外的时候，发现对面居然安装了一个监视器。对面的楼总是丢鞋子，所以他们装了一个监视器，可这个角度也把我家暴露得一览无余，真是气死人了。我去找房东抗议，房东只会一味装糊涂，说监视器拍不到我的房间之类的。我就更生气了。虽然我住的房子廉价，但这并不代表我就得把私生活对外公开啊。最终的结果就是多了一个挡板。"

采访全程都在房间里进行，因为实在找不到可以坐的地方，所以采访的那一小时里我一直站在玄关附近。采访途中有邻居出入的话，全东洙家的墙壁也会跟着一起震动，同层有位住户的电视声也一直能听到。

"隔壁房间的声音你都能听见吗？"

"对。隔壁关门时我这里也会有震动，还能听到类似呻吟的声音，不知道是不是我隔壁的人，反正总是有人带女朋友回来然后发出那种声音……所以走廊里才会贴那种告示。我倒是还好，但楼下的人就遭殃了，最后因被迫听这个声音，不堪其扰而搬出去了。这一带外国人很多，尤其是中国人。陌生的外国食物的味道，还有中文节目……都让我觉得很不适应。"

"有人回房间的话，你也能听到吗？"

"都能听到。这里根本就没有私生活可言。"

"家"这个空间，最重要的就是要保护好个人隐私。可这片连外观都说不过去的墙壁，无论是声音、温度，抑或是私生活和气味，它阻挡不了其中任何一样。在自己家里忍受这些事情，既难为情又没必要。当家无法发挥其最基本的功能时，居住的人为了保护自己，很容易将一些敏感的情绪发泄给其他人。不够为他人着想的邻居，带着异域味道、说的语言听起来像噪音一样的外国人……人在过得捉襟见肘的时候，容易滋生无孔不入的憎恶之情，就像对邻居莫名反感的全东洙一样。

房间里到处都撒着蚂蚁药，尤其是在蚂蚁集聚的玄关处撒了很多。这款蚂蚁药是我六年前通过全租资金贷款租下房子时使用过的。那时候我虽然已经尝试过各种蚂蚁药，但还是无法将这些不定时出现的蚂蚁斩草除根，在网上看了好多人的推荐后买了这一款。看到这款熟悉的产品，我的脑海中立刻浮现出了在那间房生活时的种种经历，我还清楚地记得日期和时间。

2013年10月5日凌晨3点，首尔市西大门区延禧洞某单间里。

一打眼我就知道旁边101号住的那个男生是那种只会窝在家打游戏的"宅男"。我和他从没面对面打过交道，但偶尔会在家门口碰到。他的头发散发出一种已经好几周没洗的味道，脸上也都是那种充满了脓血的痘痘。哪怕只是偶然对视一下，他也会马上低头离开。不知道是不是因为整天都窝在家里吃泡面，他胖得看起来就很不健康。对于25岁的我来说，隔壁房间住着这样一个男人，既不知所措又有点害怕。不过LH全租资金贷款能选择的房间并不多，所以我一直都尽力让自己不去想这些事。

可是某天凌晨，我听到房间外有警察讲无线电的声音，还有"咣咣咣"敲窗户的声音。我起床到玄关处透过猫眼观察外面的情况，几名穿着警察服的人和穿着睡衣的房东站在一起，还有人抬着担架出去了。好像是隔壁的人死了。

几天后，来了一个看似是他母亲的女人。她把被香烟熏黄的家电搬到了丢垃圾的地方。看到她用抹布清理房间的模样，我才确信"那件事"是真的。整件事实在让人难以置信，我甚至偶尔会以为自己在做梦或是搞错了。那天凌晨，我装作若无其事的样子，主动联系了房东。

"请问101号出什么事了吗？那天实在是太吵了。"

"啊，他就是有点不舒服，不是什么大不了的事。"

房东掩盖了隔壁邻居死亡的事实。

可邻居死去之后，我的房间开始出现变化，突然涌进了许多蚂蚁。有天我准备冲咖啡，所以打开了电热水器，里面居然有十几只蚂蚁！清理脚掌上的茧后，如果把茧子放到桌面上，就会有数百只蚂蚁聚集过来。那是爱吃人皮肤角质或尸体的

"法老蚁"。

虽然房东极力隐瞒他的死亡，蚂蚁们却道出了真相。这并不是梦！几周后，房东把101号的家具全都换成了新的。不久后，一位和我同龄的高个子女生住了进来。不过几天的时间，我就在公共快递箱那里见到了同款蚂蚁药。

看到全东洙的家里放着一模一样的蚂蚁药，我突然想起了那个时候的事情。那是我好不容易用低息贷款租来的房子，所以即使隔壁发生了死人这么晦气的事情，我也只能委屈自己忍着。（也许是年幼的我内心过于贫瘠，看到处境还不如我的人以及他的死亡后，我却只有万般嫌恶的感觉。）同时，也是因为经历过这么多困难的事情之后，我开始研究可以保护自己的方法。"我很理解那些死守江南公寓的人们，尤其是那些绝不让自己的房子受损的人。他们内心应该很害怕吧。毕竟'家'这个字最终不就是象征着'千万不要越线'的意义吗？我经常会有这种保守的想法：如果有人越了我的线，我一定不会善罢甘休。而且在经历过各种住房相关的问题之后，我开始思考'有什么是可以保护我自己的呢'。"

身处居住贫困边缘的全东洙，居然十分理解"死守江南公寓的人"的心情，是因为他觉得自己日后的收入会越来越高吗？还是因为他是个毕业于名牌大学、已有稳定正式工作的职场新人？而他本人也像《寄生虫》里的金基宇（崔宇植饰演）一样，说着"我都计划好了"。

"我都计划好了，等到结婚的时候至少要住到比现在大10坪的房子里，至少要有20坪，而且得是我自己的房子。"

"为什么一定要有自己的房子呢？"

"为了不再承受痛苦。过去作为租客的这八年真的很痛苦。我希望能住在离地铁站更近一点的房子里，希望能住在更宽敞一些的房子里，希望能住在厨房和卧室分开的房子里，希望能住在晾衣服时有阳光照进来的房子里。这就是我的计划。"

他嘴上说的好像是个非常雄伟的计划，实际上列举的这些不过是最基本的居住条件罢了：阳光、厨卧分离、面积。

"这些要求好像都是很基本的居住条件呢？"

"这不就是'90后'这一代人的命吗？我们只是想过上达到平均水平的生活，可连这个也做不到。其实'家'对我来说并没有太重大的意义，我只是希望我爱的人来访的时候，有地方可以让他们坐下，有空间让我招待朋友。不过这只是我心中的乌托邦罢了……实际上是实现不了的。"

首尔，对年轻人更无情的都市

青春全都是灰蓝色的吗？如果有些人的青春生机勃勃而有些人的青春暗无天日，那么造成这个差异的首要因素就是是否就读"在首尔的大学"了。只有在首尔读四年制的大学，才有动力去熬过那些为了挣房租和生活费而累弯腰的日子。而且这也是日后可以找到正式工作的基本条件，所以一般家庭也会认为这是一种"教育投资"。

然而，真正贫穷的青年是不为人知的。那些就读于非首尔地区的大学、做着非正式工作的外县市青年们的生活，媒体甚至都不会去关心，这些事情也抽象到难以在脑海里想象。和外国的贫民窟不同，韩国都市里的穷人们并不显眼，因为他们躲进了半地下室、屋塔房和考试院这样的地方。韩国的贫民不再以群居为表现形式。已经"原子化"的贫民，其存在感也越来越微弱。[35] 我想把这些被掩盖起来的穷人故事公布于众。可不知从何时开始，我身边接触的人，都是些就读于首尔地区四年制大学、未来有一定保障的青年。而那些不为人知的穷人，生怕暴露出自己身上的穷味，便像蟑螂一样躲进了考试院、"新型蚁居房"以及半地下室里。

完成度只有一半的报道就这样发了出去。我的判断并不完全正确，考虑得也不够周全。虽然报道的主题为青年居住问题，但我所讨论的青年全都是首尔大学、汉阳大学、西江大学的学生。就读于这些大学的学生当然可以撑得下去。名牌大学的毕业证书，相当于一种"租赁"，只要撑到最后就能拿到手。即使当下在物质上不怎么富裕，但这种贫穷并不是永久的。

我想听听那些既没有动力也没有目标撑下去的人的心声。可就算是曾经一贫如洗的我，其实也属于名牌大学毕业生和拥有正式工作群体中的一员，早已和最底层的那些人拉开了差距。某天，那个我忘记了将它解散、一直搁置在那的聊天群里竟传来了一声提示音。那是为了采访沙斤洞"新型蚁居房"而建立的聊天群。

"这是什么群啊？我本来在打听别的考试院，不知怎的就进了这个群……"

留言的人是31岁的考试院居住者金俊秀。

"记者老师，您到咖啡厅后，找一个穿胡萝卜色外衣的人就行。"

时间为突然降温的11月中旬，地点为首尔市江北区某咖啡厅。我在见金俊秀之前，收到了他发来的短信。

他从一开始就很积极。对于好不容易才能与受访者见上几面、还要费尽心思打探某个人的生活史才能完成任务的记者来说，能遇见一个有意愿讲述自身故事的人，真的是很幸运的事情。这个聊天群是我在策划《大学街：新型蚁居村》报道期间建立的，当时是为了能直接接触更多的受访者。没想到他自己主动加入了这个群。他在首尔市江北区水逾站附近的某考试院住了三个月，最近在打听其他考试院的途中发现了这个聊天群。我和他在11月中旬见面的那天，恰好是他从大邱搬来首尔生活的第100天。

"和您讲这些事情有种总结这100天考试院生活的心情，对我来说也是蛮有意义的。我本来以为自己只会在考试院暂住一下，没想到住了这么久。"

他将柠檬味饮料一饮而尽后，开始和我讲为什么要从故乡来首尔，考试院的生活是怎么样的，对于他来说家有什么样的意义，对于未来的生活有何期待，等等。由于想说的话实在太多，放在桌上的蛋糕他一口都没有吃，连续讲了将近两个小时。

"我现在住在考试院里，每天的房费是1万韩元。"

自从韩国废除司法考试后，考试院就沦为低收入群体的住处。这是不争的事实，但目前关于"考试院究竟以何种形式取代了都市的低价住处"，很少有实证研究。传统的"非正规住处"即蚁居房、宾馆、小旅店等，它们的特征就是"弹性"的租赁形态。为了那些拿不出保证金、活一天算一天的人们，这些地方便以日租、周租的形式进行出租，好让他们可以一点一点地交房租。可考试院和这些地方大不相同，以前这里至少也要预付四个月的房租作为保证金，租金也是以月租的形式上交。这就使考试院与蚁居房、宾馆、小旅店等形式产生了微妙的差异。（想要住进考试院，经济上至少要宽裕到可预付几个月的租金才行……）

可如今就连考试院也开始收日租了，这对于有关居住问题的社会观察和报道来说，是一种耐人寻味的改变，意味着收留"社会底层群体"的居住底线已经拓展到考试院了。

"我不仅没有保证金，甚至刚来首尔那天，我手里只有2万韩元，而且还是和别人借的。我打了好多电话，到处打听哪里可以暂住或借住一两天，最终就搬进了这里。日租和月租也没什么太大的区别，日租的话也就是碰上大月的时候多交1万韩元而已。"

　　这家考试院原本是要求保证金30万韩元、月租30万韩元，可金俊秀连这些钱也拿不出来。虽然考试院的老板一再强调要交保证金，但金俊秀的情况已经可怜到即将露宿街头，所以老板也就通融过去了。房间朝北，但好歹有一扇小窗户，这对金俊秀来说也是一种慰藉。房间里只有一张勉强能够躺下一个人的床，以及一台不太好用的冰箱。衣服只能挂在附着在天花板的衣架上。不过金俊秀本就没几件衣服，没有衣柜也没什么大碍。身高不到170厘米的唯一好处就是，刚好可以躺在考试院的床上。如果稍微再高一点，就好似希腊神话中的普洛克路斯忒斯之床一样会让脚悬空在床外。"还好我个子小。"金俊秀在叙述这一艰难而又令人忍俊不禁的情况时也不忘幽默。

　　衣、食、住，这三大生活要素中，"住"是维持生活运转的先决条件。家即是生活的全部，人类需要先有空间，才能去整理衣物，才能吃上一顿营养价值丰富的饭。金俊秀评价考试院是"让人没有食欲的地方"。

　　"您知道我平时都是怎么吃饭的吗？一次性购买大量海苔碎的话，价格超级划算。所以我都是买一大堆放在考试院里，然后用它来做饭团吃。偶尔也会买不倒翁*的汉堡、牛排这种速食

---

* 韩国某速食品牌。

吃，但还是饭团吃得最多。"

像金俊秀这样31岁的青年，如果他毕业于首尔市内的四年制大学并且找到一份正式的工作，现在也应该是有三四年职场经验的上班族了。在此基础上，他可以考虑全租资金贷款，渐渐拓宽自己的生活空间。如果他再打听一下各种惠民政策，还有可能拿到住房抵押贷款，摇身一变成为房东。接下来要考虑的就是结婚或者升职等问题了。可他目前只能住在2坪左右的考试院里，辗转于各份临时工作之间，和同龄人的差距越来越大。他的人生轨迹和大众媒体所描写的"平凡青年"截然不同。那些所谓的"平凡青年"就读于首尔市内的大学，有高于平民阶层的家庭关系网，以及一份即将到手的正式工作。金俊秀从商业职高毕业后于2008年进入庆州的某所大学，就读期间也一直住在大邱，走读上大学。后来他觉得自己性格和所学专业不合，所以办理了休学。就这样过了十年，2018年已经30岁的他做出了退学的决定。之后他插班到了某个大学，直到2019年2月才取得学士学位。

不过30岁出头的年纪，金俊秀却说自己迄今为止做过的所有挑战"全都以失败告终"。那些他本来很看好的事，最后却让自己欠了一屁股债。除了送外卖，他什么兼职都做过。他大方承认："发传单、酒店服务生、快餐店服务生、跑龙套等，别人都坐着学习的时候，我已经跑遍了所有可以赚钱的地方。"可现实却是，他虽然保证每天按时缴纳1万韩元日租，却依旧欠了一周的房租。

"我每个月虽然可以赚180万韩元，但光还债就要还120万韩元，其中有做生意失败欠的债，家里还有一场官司。如果交完诉讼费后手头还有些余钱，我就打给家里补贴家用。所以说我只能住在考试院这种地方。"

金俊秀在还没找到工作的情况下，只因为想在首尔终身教育院里上考证课程，就盲目来了首尔。如今他是附近某所高中的非正式职工，而且有空就会去打工，这才得以支撑他交日租。见面的这天，他还给我带了工作场所分剩下的糖果。

"在大邱的时候，我还以为考试院是专门给前往首尔学习的人住的地方呢，来了之后才发现并非如此。刚开始我都不敢告诉朋友们我在考试院住，总有种好像只有犯了罪的人才会来这里住的感觉。有时候甚至连冰箱工作的机器声都没有，在周围无任何声音的情况下，我盯着白色的墙纸发呆，感觉自己就像一个被关在白色牢房里的囚犯一样。那时候我就在想'要是走廊里有个人经过就好了，稍微有点儿人的声音就好了'，可当时并没有人经过，哈哈。那个时候我真是抑郁到了极点，整整哭了好几天。"

考试院是时间静止的地方。金俊秀在时间静止的空间里生活了100天之后，悟出了一个"支撑办法"。在既没有日历也没有钟表的"现代版蚁居房"里，想要知道时间的话就只有两个方法：手机和窗外的风景。

"现代社会的人，哪怕是5分钟、10分钟，也会把时间拆开来用。对我来说，什么都不去想、在房间里静静地待上30分钟就很治愈了。和外面世界的人的生活方式相比，我有种自己在逆流而行的感觉。哈哈，这也可以叫'精神上的胜利'吧。"

"为了让自己看起来不像是住在考试院的人"，金俊秀特意穿了亮色的衣服。这件胡萝卜色的外套，是他去年秋天在东庙二手市场上花了5000韩元买的。他想着在残忍的首尔寒冬来临之前给自己备一件外套，可外套都要花上二三十万韩元。考虑到这笔钱足够交一个月的房租，他转身去了东庙二手市场。

"一开始的时候，想到这是别人穿过的衣服，说实话我心里有些介意。但换个角度想，一般不能再穿的衣服都会拿去扔掉，至于放到'旧衣服回收箱'里的衣服，应该都是还能穿的吧。而且我的情况也不允许我挑三拣四。本来就住在考试院，再穿一些颜色偏暗的栗色衣服的话，只会让我更在意别人的眼光……"

金俊秀和电影《寄生虫》里的金基宇、汉阳大学毕业生全东洙一样，表示"我都计划好了"。

"我目前为了考证在上课程，考试时间大概在一两个月之后。考试结束后如果生活稍微宽裕一些，我打算去尝试一下送外卖，听说还可以骑滑板车或者自行车送外卖。再远一点的计划嘛，就是我打算40岁的时候去国外生活一段时间。我记得上学时历史课上讲过，没有家和土地的那些人被称为'火田民'

或者'游牧民'。我想去国外过一种不在乎世俗眼光的生活。"

几天后我问他"你是否认为自己很穷",他把在字典上查到的"居住贫困阶层"的定义用"卡考说说"给我发了过来：

"因贫穷而很难置办居住空间的阶层或该阶层的人们。"

"我并非没有过贫穷的经历，我也曾经历过没有固定住所的日子，连吃饭睡觉都是问题，求职或求学时经常受挫，就算生病了也得坚持工作……可是我在努力地争取不和'贫穷'这两个字沾边。穿了好几年的内衣破到烂掉时，我还会自嘲'生活本来就因贫穷而变得像一摊烂泥，如今连内衣也是一摊烂泥'。心情不好的时候，我会去投币练歌房花1000韩元声嘶力竭地吼上一曲，以此来解压。我在想：比起物质上的贫穷，精神上的贫穷是不是更可怕？比起绝对价值，由相对价值导致的贫穷，以及炫耀心理、孤独感、无精打采、抑郁，这些是不是更可怕呢？"

首尔,《Produce 101》的缩小版

"你觉得自己是穷人吗？你觉得自己属于居住贫困阶层吗？"

汉阳大学毕业生全东洙在讲述自己的生活时毫无保留，可在直面贫穷时却有些不知所措。

"我并不觉得自己是穷人，甚至这个问题会让我心情不好。因为感觉一旦被打上'穷人'的标签就再也翻不了身，对于这种问题我一般会装作听不懂。我觉得我人穷志不穷，而且我的

未来还有很多可能性。因为我现在就住在这里，自然需要给自己一种在这里合理化的心理暗示。如果我的居住条件有所改善后再回到这里，那可能也是住不下去的。但不管怎么说，至少我现在还是住在这里，想要从这里出去的话就得一直保持'精神胜利'的状态，不然根本撑不下去。

"我现在的工资大约在200万—300万韩元，入职第二年据说会涨到300万韩元。但我算过，如果仅凭攒工资的钱来买房，即使是攒上八年也才有一亿而已。我都不知道等我攒到这些钱时女朋友还……我没办法再在房子这件事上投资更多的钱，所以现在还是得继续住在这里。"

"你觉得自己是穷人吗？你觉得自己属于居住贫困阶层吗？"

这个问题直接到不能再直接，就像被刚刚死去的青花鱼眼直勾勾地盯着一样。听到这个问题的瞬间，全东洙皱了下眉，随即强烈否认了。他对自己未来的可能性持乐观的态度，却悲观地看待当下的状况。就像他提到的"精神胜利"这一说辞，很难确定他真的觉得那就是一种精神胜利，还是为了等待精神胜利的结果才那么认为。他的回答也非常模糊，没有明确的界限。

"为什么你觉得自己的居住现状不算居住贫困呢？"

"我住的这栋楼的产权登记簿上盖着'非法建筑'的章，但我在釜山老家住的房子不是这样的，我父母也都不属于居住贫困阶层……按照这个标准来看，我从来都不是居住贫困阶层，我父母现在也在釜山生活得很好。这里只不过是我在首尔的住所，并不是我的家。所以说我无法接受自己是居住贫困阶层这件事。"

在"贫穷即原罪"的社会中，这个问题确实让人不自在，因为它让被提问人不得不直面赤裸裸的现实。面对这些深层的烦恼以及真实的自我都并非易事。我在深度采访居住在沙斤洞的青年之后，都会抛出这句话作为最后的问题。当时所有的受访者都对这个问题感到不适，因为他们早已将"我不是穷人，之所以在当下身处这种境地，只是在为迎接美好的未来而坚持着"的想法深植于心。这之中很多人都提到了"精神胜利"一词，即便他们对自己目前的处境束手无策。虽然如此，他们依然以美好的未来为前提，甚至刻意忽视这个正在运作的却十分残忍的剥削结构。

当然，就算以全东洙现在的条件，他也毫无疑问处于青年群体中前5%的位置。他目前拥有一份月薪超过200万韩元、不久后还会涨到300万韩元的正式工作，父母提供的4000万韩元保证金，以及让多数人都心生艳羡的汉阳大学毕业证书。

这里需要重视的问题在于，即使是拥有这样条件的青年，也不得不委身于"新型蚁居房"这种恶劣环境，面对着利欲熏心、毫无责任感和道德感的"新型蚁居房"房东们压榨青年们的血汗钱以积累财富这一现实，耳边甚至还不停萦绕着"年轻就得吃苦"这句所谓的警世名言。社会现实如此，到头来却让青年自己去承担社会问题强加给他们的压力，自己通过"精神胜利"聊以慰藉。这一连锁反应恰恰揭露出病态社会的一个剖面：世界已经残酷到需要青年们自求生路，可有些道德沦丧的人，依旧在靠剥削他人来帮自己爬到金字塔的更顶端。

"各位国民制作人，请多多指教！"

由韩国娱乐公司Mnet Media策划的偶像选秀节目《Produce 101》第一季于2016年播出。该档节目以"机会和公平"之名吸引练习生，实则为一套不折不扣的"剥削青年的系统"。该节目中每季嘉宾都为101名10多岁和20多岁的练习生，最终只有排名前11位的人才能出道。练习生们会为了进入出道组而在节目"决一死战"。每期节目都以练习生们将腰弯到90度、喊着洪亮口号作为结尾的画面。节目结束后，各位国民制作人将投出自己手中宝贵的一票，选出最终能进入出道组的11名练习生。

我时常会觉得，这个节目实际上就象征着首尔。一是练习生们都拼尽全力去抢镜头，只为了能进入最终的出道组。二是那些从外县市来到首都的过客青年们带着全家人的支持和对舞台的渴望，只为能挤进"首延高西成汉中庆外市建东弘"*的圈子。首尔是一座过路客的欲望都市，它再现了《Produce 101》这套剥削年轻人的系统。

---

* 指首尔大学、延世大学、高丽大学、西江大学、成均馆大学、汉阳大学、中央大学、庆熙大学、韩国外国语大学、首尔市立大学、建国大学、东国大学、弘益大学。

表面上看，没有比"一人一票"更民主的选拔方式了。可实际上，这不过是掩盖剥削的障眼法而已。制作组任意操纵着选拔机制，甚至还出现了所谓"PD PICK"（即PD*选出来的人）的新造词语。就算只能在背景画面里出现1秒钟，练习生们也会使出浑身解数来获取存在感。

这档节目甚至还对票数进行造假，从一开始就不存在什么"只凭实力和努力的正当竞争"。曾对投票的公正性信誓旦旦的粉丝们如今也失望透顶，随着社会对《Produce 101》的信任土崩瓦解，这档一度流行的节目亦走到了尽头。

最重要的是，隐藏在这残酷竞争下的"本质上不公平的结构"并没有被揭示出来。像SM、YG这样的大型娱乐公司，如果硬要比喻，旗下练习生可谓含着"金汤匙"出生，从一开始就没必要参加这档节目。韩国国内的练习生约有1440名[36]，对于中小公司的练习生来说，所属公司日后是否会继续存在都无从保证。他们比任何人都清楚，站在《Produce 101》舞台上是唯一一个可以向大众介绍自己的机会。

练习生们的热情本质上在为整个剥削系统"添柴加薪"，他们却对此一无所知。当被问到"参加这档竞争节目累不累"这个问题时，他们通常会这样回答：

---

* 全称为Program Director，即节目制作导演，也是艺术总监、制作人、执行制作的意思。

"累也是我自愿参加的，因为只要坚持到最后就会实现梦想。"

"累也没办法呀，光靠打工根本交不起房租。这里是我在首尔唯一一处可以不在意他人眼光、只把注意力放在自己身上的地方。"

汉阳大学大三学生金珠恩，现住在沙斤洞某个保证金500万韩元、房租45万韩元的"新型蚁居房"里。原本一居室的房间被拆分成了四个单间，金珠恩在自己的房间里只能勉强躺下去不说，连房间具体有几坪也不清楚。

金珠恩兄妹俩都是汉阳大学的学生，她哥哥也在附近过着独居生活。在济州岛的父母每个月会给兄妹俩各打80万韩元作为生活费和房租，一共是160万韩元。80万韩元虽然不是小数目，但仍不足以维持正常的大学生活，所以金珠恩在附近的宠物用品店做兼职，每个月可赚40万韩元。专家们表示，月租金与收入之比（RIR，Rent Income Ratio）超过20%，则称得上是"超负荷租金"。这一点也被认为是居住贫困问题的影响因素。

"独居的大学生一般都属于'居住贫困阶层'吧？如果被说成是穷人，心情当然会不好了。我也不觉得自己是穷人。虽然现在是靠父母在交房租，但毕业之后我就可以去赚钱了。我怎么可能一直都过这种日子呢，只是当下这样而已。"

对于外县市青年来说，首尔代表着机会和希望。不背井离乡的话，他们就没有学习和就业的机会。媒体里报道的也都是首尔青年的情况。数据显示，过去十年间，首尔和京畿道地区的净流入人口（仅指20多岁的青年）增至46.7万余人，而釜山、大邱、光州、大田、蔚山等广域市*的人口均有减少。虽然人口减少最主要的原因为求职和上大学，但对于外县市青年来说，留在地方就永远看不到希望。为了拥有可以改善生活的选择权，以及抓住教育、就业和文化生活方面的资源，他们宁愿承受经济上的压力，也要赶往首尔。

"人就是得去首尔"这句话，让所有在外县市的大学都变成了"杂牌大学"。"首尔共和国"†将所有外县市都变成了"殖民地"，仿佛只有首尔才是"正式的舞台"。到最后，外县市剩下的只有那些不知名公司的练习生，他们连参加节目的面试资格都没有。在这种如果不背井离乡就看不到任何希望的社会，青年们不惜承受残酷竞争的压力也要参加节目，只是为了可以站上舞台一次。前往首尔，前往首尔，朝着那个所有人都想登临的选秀舞台迈进。

所有人都奔向首尔的结果就是，每三个独居青年中就有一人以上属于"居住贫困阶层"。也许有人会问，既然在首尔生活得如此不堪，那么去物价低廉的地方或是回温馨的老家不是

---

* 即韩国的中央直辖市，指建制市的行政区域面积较大、基本上远大于建成区面积、包含大量乡村地带的大城市。

† 因以首尔为中心的首都圈地区占据了韩国经济的半壁江山，韩国人自己戏称，韩国可改名为"首尔共和国"。

更好吗？难道所有人非得强留在首尔吗？在故乡大邱市生活到三十多岁才匆匆上京的金俊秀先生表示，虽然在首尔一直辗转于各个考试院，但"除了天气冷点儿"，他对首尔的生活还是感到很满足的。

"一开始为了能离开故乡，每个周末我都坐'无穷花'号火车往返于首尔和大邱，到首尔上考证的课。这样一来每个月就至少要花40万—50万韩元，所以我觉得还不如直接去首尔生活。在故乡的时候真的失败了好多次。本来在大邱就没什么年轻人，加上民风比较保守，失败多次后真的是有种无路可走的感觉。在小地方生活也更容易被人家在背后讲闲话。不过最重要的是，在首尔真的有很多选择。就算这件事情失败了，也可以试试别的事情，就业机会有很多。"

青年们都在"咬牙坚持"。他们坚信，只要撑过当下的苦难，终有一天会过上自己想要的生活。而且哪怕无法实现所有的梦想，他们也会觉得年轻就还有希望。就像选秀节目给青年灌输了"只要足够努力，总有一天会出道"的欲望一样，首尔这座剥削的城市也同样灌输给青年对未来的幻想：只要撑过当下的苦难，日后就可以进入大公司，可以建立家庭，可以拥有自己的房子。首尔正是借着青年们的欲望日益膨胀的。

越是年轻，就越能吃贫穷的苦。本就处于居住贫困状态的青年，还总被排除在各种惠民政策的优先级之外，其原因在于，和蚁居房老人及露宿者不同，青年们随时都可以投入劳动力市场，再加上"努力就可以摆脱当下的困境"这句话，青年们被驯化成了俯首听命的"零件"。将人按能力划分等级，不正是剥削社会的定言令式吗？

因抱着"只要等待，一切就会有所改善"的期望，很多人都不愿直面自己的贫穷，而是开始将它合理化。他们借着想象中的美好未来宽慰自己，并不认为自己是穷人。可就像之前文中提到的，我们社会的青年，每三人中至少有一人处于"正在工作或求职中"的贫穷状态。

回头看看就会发现，"坚持下去就能出道"不过是幻想罢了。大家之所以会特意去无视各种不公平，原因在于我们的社会信奉能力主义的神话，如此一来，"因为我努力了，所以爬到了最顶端，所以出道了"这一套说辞才行得通。在人人都梦想着飞黄腾达的首尔市，外县市青年不过是在最底层急得直跺脚的异乡人罢了。那些在江南区出生并长大的青年甚至不会参与这场战争，就像YG、SM等公司里含着"金汤匙"出生的练习生一样，他们根本没必要涉足类似于《Produce 101》的剥削金字塔中。

"对我来说，现在这个家只是'洗澡的地方'。反正我最多也就在这里住两年，在找到正式工作之前先坚持一下吧，我就是这么想的。"

这是另一位在"新型蚁居房"里"咬牙坚持"的人。崔成旭（32岁）本科毕业于位于京畿道的某大学，现在汉阳大学攻读博士学位。对他来说，家只是"洗澡的地方"，或者只是个存放行李的地方。他住在保证金2000万韩元、房租33万韩元的4坪有余的单间里。当初因预算过于有限，他拉着中介足足看了18个房子。可就这点钱，怎么看也只能找半地下的住所，最后好不容易找到了现在的这个单间——"新型蚁居房"。

"我没想到找房子这么困难。读博之前我一直在水原市生活，以前找房子都很顺利的。可到了首尔，我经常不自觉地感叹'找房好难'，甚至还考虑过要不要去住考试院。我在首尔也没什么认识的人，所以最后还是先住了一个月的考试院。"

他表示虽然看了18个房子，可大部分房间都极度狭窄，很多房间甚至还没考试院的两个房间合在一起那么大。这种房子不过是没挂考试院的牌子、勉强把床和厨房塞进去的"超迷你单间"而已。就算交得起2000万韩元的保证金，但30万韩元的房租预算基本上只能租到半地下的房子。

"按照我的预算标准，中介说有一间'可以照进阳光的半地下室'，过去一看才发现实际上是指卫生间有一块小到不能再小的窗户。我当时真的觉得自己被侮辱了。"

对于运气好获得了父母帮助或是通过打工赚取微薄收入来补贴居住费用的青年们来说，拿着有限的预算去找房子，用肉眼确认恶劣居住环境的这一行为，就是不断去确认自身贫穷的过程。崔先生并不是很清楚自己现居的房子是否为非法建筑物。就算他像全东洙一样知晓了这一事实，在拿着有限预算找房子的时候，"是否为非法建筑"这一点也会成为其最先排除的考虑因素。

虽然现居所是他好不容易才找到的，但崔先生表示在研究室忙完后并不是很想回家。他一直重复着家里"很适合休息""很适合生活""很适合一个人住"等说辞，而不是"在家休息最舒服了""家是让我最放松的空间""在家里我可以尽情享受独处的自由"等。他的逻辑在于现居所并不是一个容纳他一辈子的地方，只是一个在实现未来目标之前暂时居住的地方而已。然而，就算是这个只有在独自喝啤酒时才能慰藉一下自己的空间，也要花去他每月收入的1/5。

同样的，我也问了他是否认为自己属于"居住贫困阶层"。

"我在这住得挺好的，所以也从来没有过'自己属于居住贫困阶层'这个想法。这里和我想象中的居住环境相比，并没有什么缺点。基本上我只有睡觉的时候会在家里，除了睡觉时间，差不多只在家待30分钟吧。"

近期，《韩民族日报》在全韩国范围内，对100名来自不同阶层、生活背景各异的19—23岁青年进行了深度采访。调查结果显示[37]，在对"你觉得人生中最重要的东西是什么"这一问题的回答中，"健康"和"经济情况稳定"压倒性地占据了第一、第二位。"自我实现和成功"以及"个人成长"等分别只获得了一票。报道分析，青年们之所以选择"健康""经济情况稳定"

和"家庭"，原因在于他们认为可以支撑自己走过人生之路的关键不在于社会医疗或福利体系，而在于自我管理和最基本的经济条件，以及名为"家庭"的港湾。也就是说，如果没有来自家庭的帮助，生存则会变得极为艰难。为避免陷入苦海深渊，各自谋生比实现梦想或获得成就等事情来得更为重要。这就是当今社会的现实。

同时，对于"自己未来的生活有无改善的可能性"这个问题，有69名青年回答"有"，这也是投票最多的选项，认为"没有改善的可能性"的青年只有5人。

对于当下与未来，当代青年其实并不是说抱着多么了不起或不切实际的期望，只是想要健康和经济条件稳定罢了，甚至都没有要求经济条件宽裕。青年们认为只要这些问题解决了，日后的生活就会好起来。这也是他们的一种"小确幸"。连位于青年群体金字塔尖的"首尔的大学生"也持有这种想法，说明如今社会各方的资本都无法明确保障青年们的未来了。

如今社会已经过了高速发展的阶段，富有人格魅力的特质或大学毕业证早已不是青年们能够平步青云的定心丸，他们能坚信不疑的只有"年轻"这一点。所以当代青年成了"贫困的象征"，但又是同时拥有"多种可能性"的矛盾存在。而这个不仅无法满足青年最基本的需求和希望，还想方设法剥削他们的社会，真的有资格向青年们提出结婚、生子等再生产这一类的要求吗？

后　记

对于每个人来说，"家"是生活的中心。它可以为我们遮风挡雨，可以让我们避免受到犯罪分子的侵害，可以帮助我们缓解外部的压力。我们那颗在社会蹂躏下破碎不堪的心，可以在家中慢慢回归完整。我们可以在家里清洗攒了一堆的衣服，观看奈飞（Netflix）上的节目，享用光闻味道就已被治愈的灵魂美食，还不用在意任何人的眼色，哪怕是随心所欲地狼吞虎咽也行。正是因为可以在家里做到这些，它才能一次又一次给予我们出门面对社会战场的力量，才能使人生的齿轮恢复电力继续运转。家是让个人及社会生活能够持续运转的线粒体和发电所，也是孕育新生命的卵细胞。无论你现在住的是半地下室还是考试院，或都市型生活住宅，或最高级的复合型公寓，从住宅本身的"物质属性"来看，它们之间并没有太大的差异。

安定的居所可以拓宽人们探讨社会议题的范围。即使是不太关心自己所处地区的社会现状的人，一旦有了固定居所，也会突然开始关心自己所处社区的情况。阿列克西·德·托克维尔曾说过："很难让一个人撇开自身事务不管而去关心整个国家的命运，因为他不理解国家命运可能会对他个人命运造成的影响。但是，如果要在他的地产旁边修路，他立即就会意识到这件公共的小事与他私人的大事之间的联系。"[38] 已经定居下来的一群人围在一起，讨论着和村镇相关的提案，他们的主权意识也随之提高，并逐渐开始参与政治。这样的场景多么美好啊。但矛盾的是，蚁居村中作为"住房难民"的青年们无法成为政治焦点，原因在于这种碎片化、分子化的住宅形态根本就不是政客们关注的核心。用一句话总结就是，"这些并不能成为选票"。

讨论"一个像样的家""安定住所的功能"等话题，并不是三言两语就能讲完的。我想在此处强调的，只是一个很简单的命题：家这个字在今时今日所代表的意义，并不仅仅只是一个"阻挡外部危险的空间"。

很多人无法拥有适宜的居住环境，这种境况其实是一种偶然。[39]《只属于自己的房间：从考试院看青年一代与居住社会学》一书的作者郑珉宇曾用寓言故事《三只小猪》来比喻这种偶然性的生活。

"孩子们，你们现在也都长大了，是时候开始独立生活了。"

听了猪妈妈的这句话，三只小猪便收拾行李各自开始了独立的生活。平时只喜欢吃和睡的老大、老二，都分别用碎草和树枝搭建了一座房子，结果遇到大灰狼，还险些被抓走，只好逃到了老三家里。和懒惰的哥哥们不同，老三既认真又聪明，他挥洒汗水盖了座砖头房，阻挡了大灰狼的攻击。这则以"资本主义式的勤劳"为中心思想的寓言，给人留下了深刻的印象。

老大和老二难道理应被大灰狼抓走吗？如果真有人这么想，那么当他看到蚁居村居民和大多数外县市青年在深陷首尔居住金字塔底层的恶劣环境时，是不是只会觉得"可怜之人必有可恨之处"呢？有些人打从心底里就嫌弃贫穷，可能还会认为"这些人都是在还年轻时自己懒惰所欠下的债"。

老大和老二并非没努力过，虽然材料有些廉价，可他们还是亲手盖了房子。他们有可能只是运气不好，能用的材料只有碎草和树枝而已，也有可能是受教育程度不高，想不出更好的办法。我在这一年里见过的蚁居村居民中，一半以上的人这辈子都没休息过。那些身处居住贫困状态的青年们也都在各自的位置上拼尽了全力。可对他们来说，生活就是避开各种不幸、想尽办法生存下去罢了，人生的旅程不过就是艰难地通过居住贫困的隧道，旅程的终点无异于一个类似蚁居房或"新型蚁居房"的地方而已。

今时今日，对于将市场的一切都抛给新自由主义的韩国社会来说，真正的"大灰狼"到底是谁呢？寓言中，大灰狼的掠夺行为被偷换概念而解释成了"本性"。这不仅没有揭露出剥削弱者的结构，还将所有责任都推卸到个人的懒惰和不幸上。而且《三只小猪》这则寓言故事所传递出的"价值观",仍持续被社会公众有效践行着。

《三只小猪》里谁是坏人呢?是懒惰又不幸的老大和老二吗?还是一举毁灭了他们用碎草和树枝努力搭建起来的房子,迫使他们成为"街头露宿者"的大灰狼呢?

希望这个简单的问题,可以让大家在讨论贫困时,开始关注一直以来都被默许、被忽视的"剥削"这一事实。

注　释

1. ［美］马修·德斯蒙德：《扫地出门：美国城市的贫穷与暴利》，广西师范大学出版社2017年版。

2. 首尔市自立支援科：《蚁居房、蚁居村、蚁居房咨询所》，2017年9月。

3. 首尔市自立支援科：《蚁居房、蚁居村、蚁居房咨询所》，2017年9月。

4. ［韩］崔仁基：《贫穷的时代：韩国都市贫民是如何生存的》，韩国东方出版社2011年版。

5. 韩国报刊《每日经济新闻》：《钟路考试院房东是……砷检测疫苗进口公司河昌华会长》，2018年11月11日。

6. 今年3月，考试院院长因涉嫌业务过失致人死亡而被首尔钟路警署移送检察机关。位于最初起火地点的301号房租客，则在调查过程中因患肺癌而死亡。警方认为，建筑物所有者兄妹二人无嫌疑。

7. 韩国《标准国语大辞典》的定义。

8. 首尔市政府：《2018年首尔市蚁居房密集区建筑物情况及居住情况调查结果报告》。

9. 韩国统计厅：《人口住宅总调查》。

10. 首尔市政府：《2018年首尔市蚁居房密集区建筑物情况及居住情况调查结果报告》。

11. 蚁居建筑实际所有者的名字、年龄等个人信息，均已作处理。

12. 林德英：《何为贫困经济》，露宿者新闻，2013年4月30日。

13. 本章出现的具体地名和门牌号码均已作处理。

14. 首尔市政府：《2018年首尔市蚁居房密集区建筑物情况及居住情况调查结果报告》。

15.《韩国日报》：《没有卫生间的1.25坪蚁居房……"我想住在阳光充足的房子里"》，2019年5月8日。

16.《韩国日报》：《破旧的房门锁、老旧的公共卫生间……暴露于暴力之中的蚁居房女性居住者们》，2019年5月8日。

17. 2018年露宿者追悼会策划团女性组对女性露宿者的口述采访（引用自金允京的《无名群体：女性露宿者》）。

18. 金允京：《无名群体：女性露宿者》，频道C，2019年12月13日。

19. 首尔市自立支援科：《蚁居房、蚁居村、蚁居房咨询所》，2017年9月。

20. 少数散居在附近葛月洞、厚岩洞蚁居房的人口，也都算在东子洞的人口中。

21.《韩国日报》：《想要斩断"贫困经济"的产业链，就必须将蚁居房纳入法律体制》，2019年5月9日。

22.《韩国日报》：《首尔每坪月租，公寓5万韩元VS.考试院15万韩元》，2019年11月1日。

23.《韩国日报》：《"'青年租赁住宅'实为贫民村……反对新建"永登浦公寓引发骚动》，2018年4月6日。

24.《京乡新闻》：《大学生们的幸福宿舍竟成了"被厌恶的设施"……居民为何反对？》，2016年11月7日。

25.《韩国日报》：《应规范压垮青年的租赁业，增加低价公共租赁住宅》，2019年11月5日。

26. 来自《2012年大学生居住权网络调查》。

27. 金泰莞（韩国保健社会研究院研究委员）：《青年的贫困实况：青年，到底是谁陷入贫困》，《保健福利论坛》，2017年2月。

28.《韩国日报》：《"年轻人要吃苦到什么时候？"争取居住权的青年们》，2019年11月5日。

29.《韩国日报》：《缩减墙壁厚度的"玻璃墙卫生间"……花招百出的"隔间"》，2019年10月31日。

30.《韩国日报》：《远高于"强制履行罚金"的月租收益……嘲笑管制手段的房东们》，2019年10月31日。

31. 以2019年第二季度首尔市居民登记情况为准。

32.《韩民族日报》：《大学对住宅形态和人口的影响……应出台在宿舍方面的双赢政策》，2017年12月8日。

33. 为避免暴露个人信息，邮件发送人的信息已作处理。

34. 合同上虽标注为15平方米（4.5坪），但实际面积比这还要小。

35. 安秀灿：民主政策研究院投稿文章《贫穷的青年们为何无法被看见》，2011年4月。

36. 韩国文化产业振兴院：《2017大众文化艺术产业实况调查报告》，2018年1月。

37.《韩民族日报》:《100名青年中只有1人认为"成功很重要"》,
2019年12月12日。

38.〔法〕阿列克西·德·托克维尔:《论美国的民主》,译林出版社
2019年版。

39.〔韩〕郑珉宇:《只属于自己的房间:从考试院看青年一代与居
住社会学》,韩国想象出版社2011年版。